La víspera

Manuel Jabois

La víspera

Papel certificado por el Forest Stewardship Council®

Primera edición: mayo de 2026

© 2026, Manuel Jabois
© 2026, Penguin Random House Grupo Editorial, S. A. U.
Travessera de Gràcia, 47-49. 08021 Barcelona

© Diseño: Penguin Random House Grupo Editorial, inspirado en un diseño original de Enric Satué

Printed in Spain – Impreso en España

ISBN: 978-84-10299-88-7
Depósito legal: B-14453-2025

Compuesto en Arca Edinet, S. L.
Impreso en Gómez Aparicio, S. L.,
Casarrubuelos (Madrid)

A L 9 9 8 8 7

Lo bueno de tener un universo pequeño es la familiaridad con que te saludan tus monstruos.

XACOBE CASAS

Para Carme

1

Quebró las patas del conejo con las manos y los chasquidos la hicieron retroceder al día en que apretó un gatillo dos veces, muerta de risa, creyendo que la pistola era de juguete.

Aquel suceso hizo estallar su vida para siempre, pero apenas reparaba en él. ¿A qué edad sabe un niño cuándo acaba el juego y por qué? Una vez le contaron que si un hombre ciego de nacimiento aprende a distinguir por el tacto un cubo de una esfera, si recuperase la vista ya adulto, no sabría cuál es la esfera y cuál es el cubo sin poder tocarlos. ¿Cuántos ciegos ven por primera vez y no saben, de pronto, subir las escaleras que subían ciegos, moverse por la casa por la que se movían ciegos, descifrar con el atajo de la vista el mundo que costosamente ya conocían, medían y pesaban sin los ojos? ¿Cuántos ciegos, por tanto, necesitarían acercarse a algo para palparlo y saber que es real, y comprobar que su recién estrenada vista, aún en prácticas, no les está engañando? Si aprendemos desde niños a correr con una sola pierna, ¿cuánto tardaríamos en correr a la misma velocidad con dos piernas sin caernos?

Cuando creció, se preguntó si el hecho de no haber sentido nunca una poca lástima tenía que ver con que solo era una niña y desconocía, aún, las instrucciones básicas de la vida y la muerte, dónde acababa una y empezaba otra, ni siquiera si había algo en la frontera de las dos. Creía recordar que aquellos dos niños salieron de la casa en dos camillas. Le pareció entonces oír el ruido de las ambulancias y los gritos y urgencias que rodean a un grave accidente, no el silencio helado que cubre todo cuando se produce una muerte. Pero en realidad ella no vio nada, porque en cuanto sonaron las detonaciones su padre apareció corriendo en la cocina y se la llevó en volandas para encerrarla en la salita de estar, donde sus tías estaban gritando «¡qué pasó, qué pasó!», y esa imagen de ellas descompuestas sí la tuvo siempre presente; gente alarmada porque no sabe lo que pasa, ese infierno que tiene que ver con las desgracias: uno en el que aún hay que parar la ruleta y saber cuál toca.

Aquella era una época en la que los niños sacaban el mocho a la fregona y todos cabalgaban encima del palo para jugar entre ellos. La ilusión del caballo hacía real la aventura: si de verdad hubiese sido un caballo y lo hubieran cabalgado de verdad, se habrían aterrorizado, pero desde luego habrían sabido diferenciarlos. Eran los tiempos en los que bastaba apretar el pulgar contra el índice para disparar: la gente caía desplomada, fingiéndose muerta, para luego levantarse entre risas; era entonces, cuando se ponían en pie, que se interrumpía o se acababa el juego. «Entre una pistola de imitación y una de verdad, la diferencia es la bala. Solo apretando el gatillo puede saberse la verdad. Y lo mismo —pensó Amalia Constenla— con tantas cosas en la vida». Pero no era mujer de darle vueltas a las cosas y aquel episodio no le ocupó más tiempo. Su padre solía decir que el pasado es una distracción, y que cuando le dedicas más pensamientos que al presente, la muerte capta el mensaje: si quieres pasado, que todo sea pasado. Cuando su padre envejeció y sus sentidos se fueron deteriorando, el hombre empezó a necesitar apoyos como gafas o bastones que siempre rechazó a los gritos, igual que la propuesta de tener a un cuidador en casa, porque, según él, no había que darle pistas a la muerte ni delatarte con tanto escándalo, sino fingir para no llamar su atención. Si iba al baño de madrugada, caminaba de puntillas por la casa a oscuras; un día se estampó contra la cristalera del salón y hubo que llamar a la ambulancia. Lo cierto es que su padre pasaba tanto tiempo evitando la muerte que cualquiera hubiese dicho que estaba vivo.

Espantó por fin los recuerdos, que la ponían de mal humor, incluso los buenos. O quizá especialmente los buenos, bien mirado. Amalia, sesenta y cuatro años, frente sudada y manos callosas, varices en las piernas, riñones golpeados, tensó los labios y cogió enérgica el cuchillo filoso, deslumbrada por su brillo despiadado; con cuidado, lo hundió entre los tendones y los músculos del conejo para separar las patas de los tobillos. Subió un olor extraño.

—Hay que hacer eso aquí —dijo su marido desde la mesa.

—Y dónde lo hago, ¿en la habitación del niño?

—Huele a marea baja.

—A ver si es que hay marea baja, Ramón, hijo mío.

Agarró con violencia impresionante al animal por delante y le desprendió de un tironazo el pellejo, que pensó en guardar para hacer ropita de abrigo para su nieto. Ya le había cortado las patas, la cola y la cabeza, así que llegaba lo más sensible: hacer una incisión muy pequeña alrededor del vientre. «Debes tener cuidado de no cortar la vejiga o el colon, que se sitúan debajo», leyó en el móvil. Pulsaba la pantalla cada dos por tres con un dedo ensangrentado, el anular en el que tenía puesto el anillo de casada, para que no se bloquease.

—Increíble —dijo su marido al verla.

—Qué —irritada.

30 de diciembre. Seguiría sin llover durante al menos una semana, dijeron en la radio, pero bajarían aún más las temperaturas. En el boletín de las diez dieron las novedades sobre la desaparición de dos niños veinticuatro horas antes: por el tono de voz del jefe de la Policía local y su uso de expresiones demasiado formales, llenas de gerundios y esdrújulas absurdas, Amalia pudo detectar que empezaba el nerviosismo; toda esa gente solo habla así cuando ya hay medios de fuera, medios grandes.

Por la ventana de la cocina se escuchaba el ruido de gente animada bajando al pueblo a tomar el vermú. Con el pulgar y el índice, Amalia separó despacio la piel de los intestinos mientras con la otra mano —la mano con la que había masturbado la noche anterior a su marido, pensó sin venir a cuento— cortó la caja torácica hacia la pelvis. Pudo ver entonces claramente los pequeños pulmones y el corazón oscuro del conejo. «También verás la membrana que separa los intestinos de la cavidad torácica», leyó, pero ella no vio nada. Colocó dos dedos en la parte superior del conejo y los presionó contra la columna vertebral hacia abajo. De un golpe sacó los intestinos y el resto de los órganos. Cortó el diafragma, puro músculo, situado debajo de los pulmones. Extrajo

14

los dos órganos como una cirujana experta y los dejó caer a peso en la encimera; el móvil se había oscurecido pero no bloqueado, así que corrió rápido a darle con el dedo justo para leer: «Algunas personas prefieren comer el corazón y los pulmones, aunque es cuestión de gustos personales».

2

Chami Palmeira, cuarenta y ocho años, palpó con mucha suavidad dos músculos que había leído que se encontraban en la raíz del pene. Movía los dedos laboriosamente, como un oncólogo a la caza de tumores. Reparó en que se estaba mordiendo la lengua en un extremo de la boca, como cuando de niño trataba de dibujar en un folio; pensó con amargura repentina en la decadencia del ser humano y su destino: reservar los mismos gestos dulces y tiernos de la niñez a estos lastimosos engorros.

Estaba incómodo. Apenas podía estirar las piernas y sus brazos tropezaban todo el rato con las paredes. Pero la misión le obsesionaba.

Siguió con las manos el nervio dorsal hasta que se enterraba en su cuerpo. Lo masajeó estúpidamente, pensando en que había operaciones que liberaban esa parte del nervio y la hacían aflorar, ganando el pene dos o tres centímetros. Con una mano (con dos dedos, en realidad, el pulgar y el índice) agarraba su miembro endeble y con la otra sostenía en precario equilibrio el móvil, donde leía de qué estaba hecho el cuerpo que sostenía: «Se compone de tres cilindros de tejido eréctil, los dos cuerpos cavernosos, que se extienden desde los pilares, y el cuerpo esponjoso. Los cuerpos cavernosos se encuentran en la parte media-superior del cuerpo del pene y están formados por numerosos vasos sanguíneos. Cuando el pene está erecto, el tejido muscular de esos vasos se relaja y los cuerpos cavernosos se llenan de sangre. En consecuencia, la presión sanguínea en su interior aumenta y el pene se vuelve rígido y erecto».

Dedicó los segundos siguientes a acariciar con una mano el perineo y, con la otra, su miembro. Hizo pasar imágenes por su cabeza, primero con suavidad, nada que fuese a frustrar el proceso, hasta llegar a donde sospechaba que acudiría como atajo para ponerse cachondo a toda prisa: un trío con una chica venezolana y su novio, a los que había conocido años atrás en el Why Not de Madrid durante una tarde en la que terminaron reunidos en casa de ellos, en el barrio de Tribunal, tomando mefe, coca y tusi. La noche se animó cuando el chico y él se pusieron a follar entre ellos; al principio despacio, era la primera vez de ambos, y luego a golpes bruscos; el sonido de las carnes batiendo que a él le recordaría después, tratando de sacárselo de la cabeza, al ruido de las pechugas de pollo que tiraba su madre una a una al mármol de la cocina antes de empanarlas. Durante el último polvo empezó a colarse la luz del día por las rendijas de la persiana, unas líneas naranjas y blancas que bañaron de forma insólita, casi milagrosa, los muebles limpios y ordenados del salón. Aquel seguro que había sido un piso heredado porque había una gran biblioteca llena de tomos, muchos de ellos de Derecho, pero de un Derecho extinguido con la democracia —se fijó colocado a cuatro patas, el culo muy arriba—; incluso había fotos de marcos antiguos que probablemente fuesen de la familia de *su hombre* (aguantó la risa). Cuando el chico se corrió dentro, los dos cubiertos por una película de sudor pringoso, sonó la alarma que se había puesto la mañana anterior para recoger por sorpresa a Pastora en el aeropuerto.

Notó en ese momento que se le endurecía (el tejido eréctil en acción, cuerpos cavernosos repletos de sangre fresca) y empezó a masturbarse concentrándose en las imágenes de Tribunal. Por fin podía agarrarla con la mano, no con dos dedos, y ya estaba a ello, si bien penosamente. Cuánto llevaba sin tenerla así. Y a qué había tenido que recurrir.

Su culo empezó a dar saltos en el váter; uno, dos y tres. Pero no los provocaba él, no estaba tan eufórico.

De repente, una fuerza lo lanzó con violencia contra la puerta sin apenas separar los pies del suelo, pues el cubículo era estrechísimo, y luego de nuevo contra la pared del váter, y así dos o tres veces como si fuese un pulpo trasteado. Se produjo un silencio.

Chami rompió a sudar con ganas y la camisa blanca se le pegó al cuerpo de tal forma que se le transparentaban los pelitos oscuros del pecho.

—Señor, ¿está bien? —Escuchó al otro lado de la puerta una voz femenina—. Debería volver a su asiento, estamos atravesando una zona de turbulencias.

—Estoy bien —respondió todavía con el pene, de nuevo encogido, perdido por la palma de su enorme mano—. Pero necesito..., necesito algo más de tiempo.

¿Qué estaría haciendo ahora aquella pareja? En esa época vivían demasiado cerca, temió durante un tiempo encontrárselos por la calle: si alguien tenía esa mala suerte era él. Le obsesionó durante meses la idea de cruzárselos en una tienda, en un bar.

Fingir que no los conocía, que es lo que él hubiera querido hacer, era demasiado poco moderno; él era moderno, si bien moderno con problemas de pudor. ¿Cuál era el código de los tríos bisexuales? ¿Cómo se saludan tres desconocidos que pasaron una noche así juntos? Eso le había angustiado hasta tal punto que llegó a fantasear con la idea de no volver a salir nunca de casa. Gracias a Dios, descarriló tanto los años siguientes que su problema pasó a ser uno menor, vieja táctica aprendida en la noche: líala más grande, líala mejor y todo perderá importancia. Pero nada tuvo la electricidad de la primera vez. Ni encontró nunca, sobrio, el punto de suciedad ni la excitación que obtenía con gente de la que no habría querido saber nada si no hubiese estado colocado.

—Entiendo que necesite tiempo. Pero debe abandonar el baño cuanto antes, sentarse en su asiento y ponerse el cinturón.

Chami se agachó y le dio la primera calada a un cigarro sin filtro de una cajetilla arrugada que encontró en el bolsillo trasero de sus vaqueros. Echó de menos estar en un cuarto de baño convencional, uno de esos en los que tiras el cigarro al váter y luego, con la meada, lo vas deshaciendo como si fuese un insecto con alas. En sus peores momentos, en aquella «depresión técnica» que le dijo su psiquiatra que padecía (él sospechaba que para evitar darle medicación), pasaba un montón de tiempo deshaciendo cigarros con el pis.

—¿Señor? Se lo pido por favor.

Chami salió mareado por las dos caladas profundas que le había pegado al cigarro. Pidió disculpas con educación a la azafata, que ya estaba sentada con el arnés puesto, como si el avión se dispusiese a salir de la atmósfera.

Al llegar a su asiento, agarró la primera revista que vio, la abrió distraídamente para despejar su cabeza y, pasando las páginas, se encontró de golpe con un reportaje sobre él. No se acostumbraba a aquello, tantos años después de haberse retirado. Pero ahí estaba, ya no como futbolista, sino como estrella amenazada por derribo. Daba audiencia; «despertaba interés», ese eufemismo que se había ido al «da clics». A la gente le fascina el infierno, pero prefiere enviar corresponsales que hayan pasado por el cielo: lo que les gusta es el viaje.

Enfrentarse por sorpresa a su propia cara, y a tanta distancia del suelo, le sacudió como la primera vez, y su reacción fue dirigirse a aquel extraño: «¿Qué quieres?». Fue directo hacia la firma de la periodista. Recordó no haberle dado declaraciones y prohibir a sus amigos que hablasen con ella. «No se cuida en absoluto: atenta contra él con lo que tiene más a mano, y las consecuencias están a la vista. Lo que pasó este otoño en la televisión fue un síntoma, de verdad que no creo que fuese un escándalo, sino un síntoma». Pero en la vida de Chami Palmeira hacía tiempo que nadie sabía quiénes eran sus amigos y quiénes no, y, en un momento de lucidez, leyendo aquí y allá fuentes anónimas, supo que había más posibilidades de que hubiesen hablado sus amigos de siempre —los más peligrosos y repugnantes— que las decenas de almas rotas que lo acompañaban en su exploración por los días y las noches de Madrid. «Es un hombre vulnerable, autodestructivo, que ha perdido la noción de la autoridad en otros, la *auctoritas*: ni a su familia, ni a sus amigos, ni a los médicos; solo escucha a su madre».

«Habla quien cree que no tiene nada que ocultar; pero ya veremos si no tienen nada que ocultar», se dijo Chami mientras le temblaban los dedos.

«En realidad es buena persona, tiene un buen corazón escondido bajo los escombros, que es todo lo demás», así comenzaba el reportaje, con esta afirmación entrecomillada y anónima debajo de un titular a cinco columnas: «Qué pasa con Chami Palmeira» con la tipografía juguetona propia de un enfermo mental severo (sintió mareos al verlo, era una de *esas* revistas). Aquello le partió el estómago en tres.

Un trueno retumbó en el cielo, sacudiendo el avión. Se apagaron las luces, se hizo una oscuridad apocalíptica y la gente empezó a chillar. Chami cerró los ojos y chilló también, chilló como nadie en el avión, de pura rabia.

3

Amalia Constenla cogió aire con la mirada perdida en la sartén, admirando la belleza religiosa de la cebolla pochada, y gritó al borde de la locura: «¡A las tres, todos a la mesa!». Ahí estaba ese tono pretendidamente enfadado que no podía disimular lo exaltada que estaba; esos momentos, cinco o seis al año, en que su timbre de voz alcanzaba una altura irritante y festiva. La familia unida y revuelta, el pueblo en fiestas navideñas, cosas que hacer en casa sin parar un segundo: gente bajo su mando, consejos que recordar, órdenes que dar, y todo ello mientras iba de acá para allá, exhausta, entrañable a ratos, iracunda otros, pero siempre bajo una euforia descontrolada. En marcha, la vida en marcha, Amalia en marcha. Algún día sería doña Amalia para todo el pueblo y la llevarían bajo palio o en silla de ruedas a todas partes, pero ahora seguía siendo Amalia, la hija de Ton, Antonio Constenla, el Rebello.

Era la víspera de su cumpleaños. «Sesenta y cinco, Amaliña, dónde fue la juventud ya —se dijo—. Ahora que se volvió a poner de moda la juventud y que todos vuelven a ser jóvenes, aquí estás tú, *vella* orgullosa». Debido a la cantidad de platos que había estado Amalia preparando (berenjenas gratinadas rellenas de carne, vieiras al horno, mejillones al vapor, conejo guisado al ajillo y, de postre, mousse de fresa, tarta de queso casera y melocotones en almíbar con nata; pasta con tomate y atún para el niño) y por su encarnizamiento personal con el conejo, al que despiezó con íntima satisfacción, esa mañana Amalia Constenla decidió no acudir al café que tomaba todos los días en la terraza del Hotel Hotel con sus amigas de siempre, y tampoco dar aviso. «Seguro que lo entenderán», pensó. Sabrían además que al día siguiente era su cumpleaños —las más ansiosas ya la habían felicitado por WhatsApp, emojis de flamencas y matasuegras mayormente— y que estaría a mil cosas.

Su marido seguía leyendo las revistas del corazón que Amalia había escamoteado de la consulta del dentista esa misma semana, y una silla vacía esperaba delante de él con un vermú rojo preparado sobre la mesa. La cocina era pequeña; apenas cabían seis sentados a la mesa muy apretados y tenían que levantarse casi todos para que uno saliese.

—¿Es para mí ese vermutito? —preguntó Amalia con la voz cantarina.

—Para ti, para ti —respondió él.

Ella le dio un beso en su pelo blanco y alborotado.

—Qué bueno eres, si debes de llevar veinte vermús.

Pero rechazó la silla: tenía un oído en Mon, para cuando se metiese en la ducha y ella pudiese entrar a hacerle la habitación, y otro en la calle, por si llegaba Chami. Su marido estaba inquieto. Aquella noche habían oído ruidos por el tejado, y Ramón sospechaba que volvía a haber ratones.

—Los de las plagas.

—¿Qué?

—Habrá que llamarlos.

—Ya los llamo yo mañana. ¿Tienen los ratones que descansar un día, como Dios, o todos los días, como tú?

Con los cuatro fogones encendidos, aprovechó unos pocos minutos que tenía libres («Mírame los mejillones, Ramón, que no nos salga el agua por fuera») para irse al salón, extender la tabla de planchar y dejar toda la ropa de cama lista y la que habían llevado al monte el día anterior Mon y el niño. Luego, sin nada que hacer porque estaba toda la cocina al fuego y el horno encendido, se puso a pelar patatas con un punto que a su marido le pareció frenético.

—Te sientas.

—¿Tú estás tonto? Voy a pelar unas patatas para freírlas mañana, por si alguien quiere. Pásame el vermutito.

Las pelaba de pie, con método, rapidísima, manejando el cuchillo como un samurái: separaba la piel con la misma metódica violencia que la de los conejos. Ramón la miraba de reojo. Se sentía estúpido, y un poco borracho, por haberle pedido que se sentase: Amalia nunca se sentaba. Desde que la conoció, se había sentado dos veces.

La primera fue en el entierro de su padre (la muerte acabó detectando al buen hombre escondiéndose de ella para contener un estornudo, y le plantó un tumor en el colon que en dos meses lo dejó en cuarenta y dos kilos). Al llegar al velatorio, Amalia dejó caer el culo en el banco junto al ataúd y allí intentó llorar frotándose los ojos con un pañuelo de bordados durante horas. Meses después se volvió a sentar en la cocina torpemente, y su cuñada, al

25

verla, llamó a la ambulancia: aquello tenía que ser grave, y resultó ser un ictus.

Salió indemne de todo, también del latigazo del cerebro, que no le dejó ninguna secuela más que el sarcasmo, aún más afilado. «Yo intenté morir —iba diciendo por el pueblo—, pero quién se iba a encargar de estos». Y señalaba vagamente arriba, hacia su casa.

—Los chicos —dijo Ramón.

Era una pregunta que no llegaba a pregunta, su marido ni se molestaba en entonarla. Tampoco exigía respuesta. Ramón depositaba esas frases en el ambiente de tal manera que toda la responsabilidad se trasladase a ti: haz lo que quieras con lo que te digo, como si lo envuelves en papel regalo.

—A las tres están todos en la mesa, por eso tú no te preocupes —dijo Amalia.

—Los niños otros.

—Qué niños, Ramón, hostias, que me sacas de quicio. —A Amalia se le fue el cuchillo unos milímetros a una velocidad impensable, casi rebanándole el dedo.

—Esos que desaparecieron, ¿los conoces?

—Qué voy a conocer. Sabrá doña Plausina, pero yo hoy no voy al Hotel Hotel.

—Aparecerán.

—Aparecerán, claro. Y bien, las criaturas.

Amalia, al borde de la desesperación, oyó los pasos por la casa de los pies descalzos de su nieto.

—Abuelita, ¿viste a Rambo? No está en ninguna parte.

—Porque es muy revoltoso. Te dejé el desayuno en el salón. ¡Y cálzate!

Ramón miró el reloj, resignado. Amalia se asomó al pasillo para ver si veía a Mon. Su hijo pequeño se había divorciado. Amalia no sabía mucho de las cosas de la cabeza, pero temía una depresión como temía las cosas que no entendía y que podían, de un plumazo, quitar una vida. De sus dos hijos, Mon era el más débil, el más triste y el que menos suerte tenía con todo, fuera la suerte lo que fuera. Amalia caminó con pasitos cortos por el pasillo para meter la cabeza en el cuarto de Mon.

Allí no vio nada, solo al niño revolviendo en los armarios.

—Cálzate, por el amor de Dios, o te calzo yo y va a ser peor.

—¿Y Rambito? —preguntó él.

—¿Y tu padre? —preguntó ella cortante.

—No durmió conmigo.

—Cómo que no durmió contigo, ¿tú eres imbécil? El niño abrió mucho los ojos, pasmado.

—Perdona, *fillo.* —Amalia lo miró con verdadera curiosidad—. ¿Buscamos a Rambo? Ven, vamos a ver si lo encontramos.

La abuela cogió al nieto en brazos, el peso liviano de aquella criatura, aquel esqueleto mínimo. Podría haberlo tirado por la ventana sin esfuerzo, en unas décimas de segundo; había cosas aberrantes tan fáciles de hacer que, solo pensándolas, parecen ya hechas. Pero ¿qué pensamiento era aquel? Amalia sonrió: «Loca como una cabra, Amaliña, qué cosas pasan por esta cabeza tuya». Se acercó con el niño a la ventana del salón, pijama de pantalón largo y mangas largas, pijama de invierno frío, y pegó la cara a la ventana para ver si había movimiento en la puerta de la cafetería del Hotel Hotel. Decidió volver a la cocina para ver si ya doraba el conejo.

—Te dejo aquí, cariño. Pon la televisión que yo voy a llamar a tu padre.

Pero al llegar a la cocina, después de revisar los fuegos y de abrir el horno, y de ponerle otro vermú a Ramón y de revolverle el pelo de nuevo, y de darle ella dos sorbitos al suyo antes de lavar los cacharros que ya estaban en el fregadero, se olvidó de su hijo pequeño. No le importaba en absoluto, pero eso no lo podía decir ni pensar, así que no lo pensó.

4

Un aplauso cerrado y humillante, uno de esos aplausos que uno luego recuerda con rubor cuando pasa el tiempo de zozobra, el tiempo de las emociones desatadas, celebró el aterrizaje del vuelo entre Madrid y Vigo. Se notaba la Navidad en aquella euforia. Chami también aplaudió, si bien se excusó ante sí mismo por la inconsciencia del momento popular. También celebraba los goles del Pontevedra como un energúmeno, y al acabar se sacudía las ropas y miraba a los lados avergonzado, diciéndose que la próxima vez mantendría la compostura: la próxima vez era aún peor.

Se encendieron las luces al tocar tierra, y Chami pudo ver las caras de todas aquellas personas que habían abandonado la angustia por el alivio, una transición tan rápida que se les había quedado una cara de vuelta del espanto. ¿Cuántas de aquellas buenas gentes contarían durante la cena del día siguiente, cascando patas de nécora con los molares, que habían vuelto a nacer? Como si nadie supiese que los aterrizajes en aquel aeropuerto eran desviados habitualmente por mala visibilidad en invierno. Aquel día los pasajeros pudieron disfrutar de uno de los momentos que más gustaban a Chami: la enorme paz sobre una cama ensoñadora de nubes blancas, dibujadas graciosamente a los pies del avión y a lo largo del horizonte; la emocionante tranquilidad con la que volaban por el cielo separados de una tormenta por una cortina de niebla. El paraíso no era el destino; el paraíso era el muro que los separaba del infierno.

Su compañera de asiento, que no debía de haber volado mucho y se agitaba pegando la nariz a la ventanilla para mirar el cielo, llegó a girarse en mitad del vuelo hacia él: «¿Por qué nos dicen que nos preparemos para las turbulencias?». Chami pensó durante un segundo en hablarle de un mundo en el que las nubes, como dioses antiguos, expulsaban lluvia y truenos hacia arriba, pero se mordió la lengua: había aprendido a no usar el sarcasmo debido a la creciente incapacidad de la gente para detectarlo. El mundo, de un día para otro, esa era su impresión, se había llenado de idiotas. Los habían vaciado como de una hormigonera.

Coincidí con él una vez en un avión, le pregunté por qué se anunciaban turbulencias si el cielo parecía calmado fuera... La verdad es que yo no vuelo mucho, soy de clase muy humilde. Apenas he tenido oportunidades en la vida, ayudo a mi padre en su zapatería; y él, tan famoso, me contestó de una forma tan soberbia, tan clasista, tan... tan resabiada, nunca lo olvidaré [ahoga un sollozo].

Chami sonrió con afecto atildado y le explicó el fenómeno que iban a presenciar. La chica —ahora Chami reparó en que era realmente joven, quizá unos veinte años— lo agradeció con asombro. «Es mi segundo vuelo, ¿sabe?». «Pero no me trates de usted, que me salen canas». Siempre la misma respuesta, siempre la misma sonrisa, siempre el mismo asco hacia sí mismo.

Coincidí con él una vez en un avión, le pregunté por qué se anunciaban turbulencias si el cielo parecía calmado fuera... La verdad es que yo no vuelo mucho, y fue tan encantador, tan amable, me lo explicó todo con tanta paciencia... Y, ¡bueno!, no me gusta hablar del físico de la gente, creo que eso no está bien, ¿sabes?, pero me pareció muy... muy atractivo [sonríe nerviosa].

Salió del avión y recorrió los pasillos del aeropuerto de Peinador envuelto en una larga bufanda, abrigo gordo de tres cuartos y una gorra simpática que se había regalado en Barajas. Hacía frío y humedad, pero alguien había tenido la idea de decorar las tiendas con muérdago y lucecitas navideñas, y eso lo puso de buen humor.

No encendió el móvil hasta llegar al taxi, una norma que se había impuesto, como la de no cogerlo por la mañana hasta después de leer la prensa deportiva y hacer ejercicio durante media hora. Cuando lo hizo, se encontró con cuarenta y cinco wasaps en grupos diversos, varios (demasiados, pensó) avisos de llamadas de Mon al poco de empezar el vuelo, siete mails y veinticuatro notificaciones de Instagram, casi todas likes a unas fotos antiguas en las que salía con Pastora. Semanas antes se había publicado la noticia de que ya no eran pareja. Al parecer alguien lo había deducido porque llevaban meses sin subir fotos juntos y sin comentárselas el uno al otro. Y aún había quien, por morbo, redirigido por la noticia, paraba en Instagram y les dejaba un like como quien deja flores en una lápida. Cuando se publicó aquella noticia, Chami le envió irónicamente el link de un portal chatarrero del corazón y le escribió para preguntarle si era cierto lo que contaban. Ella contestó «si», sin tilde, algo que le turbó porque al fin y al cabo ella era escritora, así que en aquella ortografía hubo más desamor que en la semántica.

En la foto palidecía algo hermoso, quizá el pasado depositado en ella como polvillo que actúa a veces como filtro. Pastora llevaba puesto un jersey verde pistacho y tenía la cabeza apoyada sobre su pecho mientras él miraba a otra parte y le pasaba la mano por el pelo. Ni Chami ni Pastora habían borrado las fotos juntos. Chami, porque lo de subir fotos con la novia cuando uno tiene casi cincuenta años le parecía tan ridículo que borrarlas después, al dejar la relación, ya era el colmo. Pastora, porque era una intelectual, una mujer con dos carreras, cinco idiomas y un cargo político, y los intelectuales fingen indiferencia todo el tiempo —nada está a su altura—, creyendo que los demás no están al tanto de la impostura, pero los demás sí lo están, pese a que finjan que no. En ese juego imposible es lógico que lo primero que se arruine sea la confianza, o sea, el amor.

Chami pidió al conductor que pusiese la radio.

—Apareció una pista. —Ya entrando en la A9, la voz del taxista interrumpió sus pensamientos—. Apareció una pista de *muuucho* cuidado.

—¿Perdón? —Chami se inquietó de verdad. ¿Qué había sido aquel *muuucho*? ¿Quién estaba conduciendo el taxi, un subnormal?

—Los niños esos que desaparecieron. Los chavales.

Se tranquilizó. Estaba al tanto. Se lo había contado su madre al teléfono esa mañana mientras Chami mordisqueaba sin ganas una manzana, solo para que ella lo oyese comiendo fruta.

El suceso había ocurrido en pleno centro del pueblo. Los chicos eran hermanos y se habían evaporado en la carrera popular que se organizaba cada Navidad. ¿A qué edad pierdes la capacidad de extraviarte? Tenían once y diez años, que son edades en las que estás más despierto que con cuarenta. Lo de los niños que se pierden jugando en las playas y en los centros comerciales era todo un caso, pensó Chami. ¿Pero en una carrera? Si te pierdes corriendo no te estás perdiendo: estás huyendo. Él nunca se había perdido ni en verano, aunque recordó que de niño jamás se separaba de su madre. De hecho, de niño no había corrido nunca. Lo que pasa si corres es que pierdes de vista a todo el mundo. Cuando creció y tuvo su propia pandilla de amigos, se instalaban en la playa a cuarenta metros de su madre y sus amigas, que siempre estaban repantigadas en sus sillas describiendo el paisaje con una violencia verbal que helaba la sangre.

—No pinta bien la cosa —dijo el taxista.

—Años ya tienen.

—¿Te parecen muchos?

—No son tan niños, a saber si no están haciendo una trastada.

—Si es una trastada va a pintar peor, entonces. Llevan buscándolos desde ayer.

—¿Qué pista es esa?

—¿No me pediste que encendiese la radio, hombre? Haber puesto la oreja.

Y entonces el taxista calló como si le hubiesen cosido la boca. Chami se quedó mirándolo a través del espejo retrovisor sin acabar de creérselo. El hombre no le iba a contar nada de aquella pista, Chami no había estado atento: pasó el día, pasó la romería. Quién sabe si dolido, siguió conduciendo en silencio. Chami llegó a preguntarse si el taxista sospechaba de él. A lo mejor el buen hombre había considerado prudente no decirle nada por razones estrictamente policiales. Chami había visto de todo en la vida, y lo que le quedaba, pensó con una punzada de melancolía. El mundo era un lugar enfermo y el termómetro llevaba tiempo estropeado, se dijo con dramatismo.

Chami supuso por un momento que el taxista sabía, de alguna manera difusa, que no se le levantaba desde hacía semanas. Entre la disfunción eréctil y la psicopatía la línea era muy delgada.

5

En uno de sus frenéticos paseos por el piso, como una mariscal de campo haciendo temblar con sus pantuflas baldosas conquistadas, Amalia Constenla encontró un tiempo precioso para detenerse frente a la espalda de su marido, peluda y gruesa, bajarle el cuello de la camiseta y observar, gozosa, un grano que de golpe requirió toda su atención. El hombre, resignado, bebió un trago largo del vermú hasta acabarlo como si fuese cicuta, y esperó paciente. Ella se acercó como una mantis haciendo una pinza de exploración con el pulgar y el índice de la mano derecha; apretó a modo de simulacro para averiguar la intensidad de la protuberancia y después, con los resultados de las exploraciones ya bailando en su cabeza, se abalanzó sobre el grano con sus dos poderosos índices, dos tenazas brutales, apretando primero despacio, disfrutando del momento de tensión en el forúnculo, sintiendo cómo el pus se agitaba a su llegada y empezaba a subir hacia la superficie y luego, con una violencia aterradora, exhibió verdadera saña hasta hacerlo estallar y arrancar de cuajo la piel que lo rodeaba. Ramón no podía inmutarse. Le dolía como si le hubiesen quemado la espalda, pero quejarse habría hecho que su mujer buscase otro bulto más donde fuese.

Se quedaron los dos en silencio, la cabeza de ella sudada sobre la espalda de él. Pero Ramón la oyó respirar muy fuerte. Sintió entonces, de repente, el frío de un metal sobre la piel. Unas pinzas, quizá. «Habrá visto algún pelito enquistado», pensó. Cerró los ojos y se mordió los labios, tanto que empezó a sentir el sabor de la sangre en la boca mezclándose con el vermú. Sangre en la boca fría como una tumba, tragándola sin decir nada.

—Ya —susurró Ramón, fastidiado—. ¡Ya!

Ella no dijo nada y se retiró confusa, saciada.

Al terminar, con el pus y la sangre recogidos por una servilleta de papel que depositó en la basura, sobre la piel del conejo que había tirado tras descartar la posibilidad de hacer con ella una bufandita para el niño, Amalia, casi alegre, abrió el horno para ver el punto del animal, barrió un poco la tierra que había caído al mover las plantas y se puso después a fregar los cacharros aventando chorros de mistol, vació la lavadora metiendo la ropa en una cesta que dejó junto a otro tendal, el que tenía en el recibidor, y volvió corriendo a la cocina para cambiar el fuego de varias sartenes. Enormes varices le palpitaban en sus piernas lechosas.

De vez en cuando miraba el móvil por si tenía wasaps nuevos, aunque normalmente le llegaban dos o tres al día y siempre de los mismos: sus hijos, su amiga Feli, la más tecnológica del grupo, y antes su hermana Maribel, con la que no se hablaba por razones que solo ellas sabían. Le iba dando sorbitos cada vez más pequeños a su único vermú porque en realidad no le gustaba esa bebida, pero tampoco que su marido bebiese solo: ejercía de vara de medir; sin ella, Ramón perdía la referencia y se precipitaba botella abajo. Fue a la habitación de

Chami a comprobar que estaba hecha la cama —se había encargado del cuarto el día anterior y desde entonces había empezado y acabado tantas cosas en aquella casita mínima, casi de juguete, que le parecía un milagro que siguiese siendo la misma— y que tenía puesto el nórdico de colores lavado con el suavizante preferido del hijo.

El día antes se habían acercado los dos, Ramón y ella, al tanatorio a despedir al padre de Paco, un amigo de Ramón. Paco contó que a su padre le había dado un infarto viendo la televisión. Poco afectado, incluso con ese punto de alegría de determinados huérfanos en los tanatorios, sabiéndose por fin los reyes de una fiesta y a qué precio, iba contando que su padre había muerto mientras veía el programa de tertulia política en el que salía su nieto, el hijo de Paco, un muchacho que había hecho fortuna como opinador de la actualidad por su verbo esponjoso y su simpatía por el centroizquierda. Era un tertuliano temible y descarado, nada brillante. A saber qué había dicho para que al abuelo se le parase el corazón.

—Bueno, murió haciendo lo que más le gustaba —dijo Amalia con una sonrisa seria. Sabía perfectamente que el hombre no había fallecido viendo al chaval, pero que Paco nunca perdía la oportunidad de contar lo lejos que había llegado su hijo. A opinar, ni más ni menos, algo que nadie sabe hacer. Qué valor. Menudos hijos de puta.

—Qué valor hay que tener —se le escapó en alto.

La oyó su marido, que prefirió no decir nada y aceleró el paso con ella hacia otro corro de vecinos. Por allí y por allá, Paco saludaba como en una boda.

¿Quién le iba a reprochar nada? Podría haber comentado sus planes de un ataque terrorista y aún alguno se le hubiese unido con un abrazo emocionado, aportando ideas. Al chico de Paco le decían Paquiño desde niño porque entonces era muy bajito; cuando pegó el estirón ya era tarde para cambiarle el nombre, y el estirón duró hasta el metro noventa y cinco. El nombre podría haber remitido incluso, con semejante corpachón, a una discapacidad intelectual.

En el tanatorio, Mon se ofreció a acompañar a Paquiño a su casa para recoger a su perro, un boyero de Berna, y llevarlo al veterinario. Mon adoraba los perros, pero su madre nunca le había dejado tener uno en casa. Si hubiese tenido que señalar algo irritante en la biografía de su madre, una mujer desde los catorce años desvivida en su sentido pleno, el de renunciar a su vida por los demás, habría sido el de su escaso apego por los animales. Escaso apego era una manera de verlo. Le asustaban, le incomodaban. Detestaba, sobre todo, su suciedad: que measen y cagasen en el suelo, que soltasen pelo, que comiesen caca, a veces *la propia* caca. Los odiaba.

El amor de Mon por los perros —la raza *schnauzer*, le gustaba pronunciar de cualquier manera— se disparó de manera emocionante con Instagram, y rápidamente el algoritmo le ofreció a diario imágenes y vídeos de los perrillos en cualquier parte del mundo. Un día no aguantó más y trató de resolver sus problemas a lo grande gastando todos sus ahorros, seiscientos setenta y cinco euros, en un *schnauzer* que resultó ser cojo. Desempleado de larga duración con un oscuro divorcio a cuestas; exalcohólico y, por tanto, sujeto a tentaciones cada segundo de su vida;

viviendo todo el año en la casa de sus padres en un pueblo en el que su familia tenía que hacerse perdonar cada dos por tres; padre de un chico al que casi no había visto en sus primeros tres años de vida y, de repente, dueño de un perrito con tres patas útiles.

Todo eso fue, a grandes rasgos, lo que le dijo su madre cuando lo vio subiendo las escaleras con él en brazos. El perro nunca llegó a pisar el suelo de la casa de los Constenla. De hecho, nunca tuvo nombre. Amalia reembolsó el dinero en la cuenta de su hijo, restándole veinticinco euros por el disgusto, y jamás se volvió a hablar del tema.

6

Todavía en el taxi, Chami hundió la barbilla en el pecho. Era un gesto que expresaba enfado infantil y que se hizo famoso en todo el mundo cuando le sacaron una tarjeta roja en el partido homenaje que se le organizó tras anunciar su retirada. Hizo una entrada durísima a un rival, un amigo suyo todavía en activo, al que mandó al hospital: seis meses de baja con el cruzado roto. El árbitro, desconcertado, pensó que estaban de coña, pero, aun así, en un arranque de decencia, le sacó tarjeta amarilla. Chami se revolvió contra él y, sujetado por sus compañeros, le llamó «señoro»; ni él sabía por qué dijo aquello, pero supuso que le dolería. Roja y a la calle, con el árbitro alteradísimo. Al principio siguió el partido sin él, pero aquello no tenía sentido y a los diez minutos se retiraron todos del campo cuando vieron llegar al helicóptero para llevarse al lesionado. A Chami, sentado, le preocupó qué pensaría su madre.

Abrió Spotify, meneando la cabeza tras un nuevo desplante del taxista. Se colocó los auriculares sin poner música, pero solo para que aquel hombre no le hablase nunca más, y llegó a tararear una canción de Keane con la que llevaba en bucle varios días: «*I'm getting old, and I need something to rely on / So, tell me when you're gonna let me in / I'm getting tired, and I need somewhere to begin*». Sabía ponerse intenso cuando tocaba, eso nadie se lo podía discutir. Lo que no sabía era inglés, pero esa estrofa se la había aprendido. Como cuando leía las últimas diez páginas de los libros que Mon le recomendaba para comentar juntos el final y que su hermano se sintiese orgulloso de él. O cuando buscaba en internet entrevistas antiguas de sus citas y, en medio de la cena, dejaba caer que había comido en tal restaurante o había visto tal película en un momento especial de su vida.

Había como una conexión mística con él, fue conocerle y sospechar que era el hombre de mi vida, compartíamos tantas cosas.

Era conexión, sí: wifi. Había, en fin, que aparentar y utilizar todas las armas al alcance. «Si te preguntan de dónde sacaste la chaquetita, la fuimos a comprar al Corte Inglés de Vigo», le decía su madre poniéndole una del tío Anselmo. «Pero eso está lejísimos, vamos a parecer anormales». «Por eso, cuesta más dinero ir a Vigo que la ropa».

—Tú jugabas al fútbol. —El taxista lo miró por el espejo retrovisor—. No te había reconocido.

—Porque hace mucho que ya no juego —dijo Chami sacándose los cascos. No se acordó de que estaba *escuchando* música.

El taxista calló.

—Mi familia compra mucho en...

—En Vigo —interrumpió Chami.

—No, no, en tu pueblo. Vivimos cerca, en San Salvador de Poio. Pero mi mujer va al gimnasio de...

—Baltar.

—No, de Vilalonga. Tenemos a la hija trabajando allí. Cosas de familia —zanjó misteriosamente, como si la hija estuviese en la mafia—. La alcaldesa vuestra me cae muy bien, aunque no es de mi partido, de mis ideas, ¿sabes? Pero es una mujer muy... —El hombre soltó el volante, tratando de hacer memoria—. No me sale, bueno, ya me saldrá.

—¿Simpática?

—No, no, ya sé: curiosa.

Chami asintió. No entendía por qué tenía que estar enterándose de la vida de ese señor, pero le pasaba mucho. Notaba, en su cuerpo, cómo todo se iba desplazando con normalidad hacia unas constantes vitales que le permitirían dormir un rato.

—Y al volver de Vilalonga paramos siempre a comprar el pan en la de Paco. Lo hacen con un trigo muy bueno que les venden...

—Los Asturias.

—¡No! —estalló el taxista—. Hostia, no das una, esto no es un concurso, muchacho. ¡Qué estrés! El trigo de Vilavedra, los que eran de los Rechos.

—¿Y la pista? —soltó Chami alterado. De repente quiso defenderse—. Y la pista qué, que de eso te olvidas, ¿eh?

El hombre se dio la vuelta enloquecido para mirarlo. En ese momento, el taxi invadió el carril contrario de tal forma que casi se estampa contra un camión. A Chami le dio tiempo a leer el nombre de la empresa en el lateral, una avícola o algo así, pero no estaba seguro porque no veía bien de cerca y pasó tan pegado a la ventanilla que se coló en el coche olor a pollito. Buscó inconscientemente en su bolsa las gafas de leer, por si pasaba otro camión tan cerca.

Pero él también se había dado cuenta: no dejaba terminar las frases nunca, si bien esa vez no había acertado una. Normal que hubiese llamado la atención. Trastorno por déficit de atención e hiperactividad.

Se lo habían diagnosticado ya de adulto (se lo diagnosticó un médico después de intentarlo con cuatro que negaron que tuviese la enfermedad: eso también fue muy TDAH). Y, aunque nunca había leído mucho sobre el tema, reconocía los síntomas de manera muy perspicaz. Esa impulsividad ansiosa por participar, por demostrar que se estaba atento, pero como pollo sin cabeza. La necesidad de responder a todo antes de saber la pregunta. No acabar la cerveza y pedir otra, comer sin apoyar nunca los cubiertos, ver una película mientras chateas con tres personas y hablas con una con el altavoz puesto, hacer listas para no olvidar tareas pero perderlas por algún rincón de casa, empezar siete frases en una conversación sin cerrar ninguna, preguntar algo y distraerte mientras te lo responden, sentir un agotamiento absurdo después de socializar como si hubieras interpretado a un personaje durante horas, apasionarte por un tema durante una semana entera y olvidarlo por completo a la siguiente (ni recordar cuál era), amar intensamente a las personas pero no soportar que te escriban a diario, querer silencio y ruido al mismo tiempo.

A veces, Chami se notaba así, con una especie de hoguera dentro de la cabeza y las ideas bailando alrededor como caníbales agotadores. Solo que él, de tanto competir, había aprendido a disimular con cierta elegancia. O a quemarse solo, en silencio. El diagnóstico llegó tarde. Se lo dieron en una clínica de Madrid, después de una racha especialmente nefasta: insomnio, incapacidad para leer una sola página (no era especialmente lector, pero Mon le recomendaba libros y trataba de leer al menos uno al mes; Chami admiraba a su hermano desde que se separó de él, y sabía que era muy difícil admirar a quien tienes que cuidar). Su madre lo bajó a la tierra alguna vez. «Tú no tienes *tedenada*, lo que tienes es una enfermedad de señoritos. Ahora que tienes dinero tienes muchas maquinitas: la consola, el móvil, las televisiones, las chicas, y no das abasto, *fillo*. No sabes ya a qué atender».

A Chami tampoco le había parecido bien que le dijesen que tenía TDAH, pero en su último club insistieron en que fuese al médico porque perdía el hilo constantemente durante las charlas del entrenador en el vestuario. Se lo tomó mal, como todo lo que sonaba a exculpatorio. Pero luego, pensándolo, le encajó. Había vivido toda su vida persiguiendo una pelota, una portería, un objetivo claro que compartía con miles de fans. Y cuando eso se acabó, todo se deshilachó. Necesitaba estímulos. Si no tenía algo entre manos, lo inventaba. Si no le dolía algo, lo forzaba.

Por ahí, colándose por esa puertita, empezó todo. Chami no necesitaba razones para hacer nada: necesitaba dopamina. No le interesaban los días, sino cómo se sentía dentro de ellos, como si fuesen una atracción de feria. Dopamina en lo que fuera: una notificación en redes, una raya, un mensaje inesperado de alguien más inesperado aún (la dosis crecía cada día: para sentir estímulo, más inesperado el mensaje y más inesperado el remitente), un orgasmo improbable, un comentario en la foto de una ex, un vídeo idiota con cien mil likes, un corazón rojo de golpe a una hora intempestiva, una paja sin necesidad en los baños de una estación, un recuerdo desbloqueado que le hiciera sentir bien, ver en YouTube sus mejores jugadas y sus mejores goles, leer hasta memorizar los comentarios positivos en sus fotos y vídeos, una nueva obsesión. Le bastaba con que algo brillase un instante. Si brillaba, era bueno. Si le ponía tenso, era mejor. Si lo tranquilizaba después, era perfecto. No buscaba ya placer: exigía picos estupendos.

Vivía como si cada noche le hubieran robado el alma y cada mañana tuviera que fabricarse otra con restos. Por eso probaba todo. Por eso se metía cosas. Por eso podía entrar y salir de internet doscientas veces cada hora. No era una adicción, era una economía. La dopamina como moneda: el día que no la generaba era un día perdido, un día que le pesaba como si tuviera que cargar con él para siempre. Quizá herencia del fútbol: el hábito de las recompensas inmediatas. Todo lo que había hecho en su vida había sido evaluado en tiempo real. Y ahora que nadie lo miraba, se miraba él con ojos exigentes y ruines; como si alguien lo estuviera juzgando todo el tiempo y tuviera que dar espectáculo. A veces se preguntaba quién era ese alguien. A veces creía que era su madre. A veces —los días desbordantes de confianza—, un país entero.

En ese estado permanente de *scroll* mental iba dejando pasar las horas, los vínculos, los días importantes. No era infeliz, pero tampoco estaba en paz. Como un niño encerrado en el cuerpo de un hombre que aún se cree atleta, aún se cree deseado, aún cree que algo le falta y está a punto de llegar. Y nunca le llega; pero cada día, por si acaso, lo espera. Algo le devoraba por dentro, la luz cada vez más exhausta, cada vez más absurda, de una recompensa inmediata del placer en la que tenía mucho que ver la evasión mediante el alcohol, las drogas o la paranoia (le había encontrado un punto dulce y picante a la paranoia). Ser futbolista profesional desde adolescente lo hizo todo sencillo: no hay un día normal en la vida del que se dedica al deporte más famoso del mundo. Dopamina desde el momento en que, en los primeros años, abres los diarios deportivos y lees lo que se ha escrito de ti.

Cuando eso acabó, hubo que llenar el vacío en otras tierras. «Mira hacia dentro, busca en ti mismo», le dijo su psiquiatra. Tenía dinero suficiente invertido como para darse el placer de ser disfuncional, de no atender a calendarios ni compromisos. Era un hombre que afrontaba el resto de su vida sabiendo que no volvería a hacer lo que mejor sabía hacer. Corría el riesgo de ser aplastado por la nostalgia, y la nostalgia reducía a las personas a ser lo que eran en el pasado, pero sin los cuerpos y las cabezas de entonces: puros cromos, algo ridículo que visitar en un zoo. Sin embargo, había algo en la vida que dejaba atrás y algo en la vida que tenía por delante que no cambiaba: su madre, esta familia suya que sospechaba que aún había que descifrar.

—La pista —concedió el taxista— es que los niños ya se habían escapado una vez, hombre. Así que igual hay suerte y solo se escaparon una más.

«Qué peligro tiene eso», pensó Chami. Como intentar suicidarte una vez y no conseguirlo: qué fácil es esconder entonces tu asesinato, o al menos distraerlo el tiempo suficiente.

Recordó que Mon le había llamado varias veces cuando estaba volando. Le devolvió la llamada.

—¿Dígame?

Respondió una voz que no era la de Mon. Esa sí que era buena. Chami colgó, sobre todo por el susto, y también porque sospechó problemas, si bien problemas que no podía esquivar. Quien compara la familia de sangre con la familia elegida, ese sintagma del diablo, no sabe que a la elegida puedes no descolgarle el teléfono el resto de tu vida; pero que con la otra, si no coges, quien llama puede ser desde la guardia civil hasta un notario o un enterrador.

Chami cogió aire, miró de reojo al taxista y luego de nuevo al paisaje. Marcó otra vez el número de su hermano. Manejaba varias posibilidades, todas relacionadas con el fracaso. Mon era un adulto alcohólico prácticamente de nacimiento, uno de esos bebés que recién nacidos de repente abren los ojos y sonríen con la dentadura completa. Al día siguiente cumpliría cinco años sin beber, y Chami sabía que una de las características del alcohólico es que nunca contesta al teléfono, o que directamente no contesta.

—Mire —respondió la voz al otro lado—. Mire, ¿me escucha?

—Hola, ¿usted me escucha a mí? ¿Está mi hermano con usted?

—¿Su hermano? —Un acento de Marín claramente con variante de Estribela—. *Non che sei*. Este teléfono lo dejaron en mi taxi. ¿Es de su hermano?

—Sí, es suyo. —Chami suspiró, pero no mucho—. ¿Dónde está usted?

—Ahora en un servicio, pero tengo parada en Bueu.

—¿Y estaba bien? Quiero decir, ¿estaba sobrio?

—Borracho no estaba, no. A alcohol no olía.

—Igual un poco borracho sí que estaba si se dejó el móvil.

—No, no estaba, no. O lo disimulaba muy bien. Lo dejé en la estación de Pontevedra.

«Qué va a disimular», pensó Chami. Todos los problemas de los borrachos no son por borrachos, sino por no ser capaces de disimularlo. Había en todo ello un enorme ejercicio de irresponsabilidad y cinismo que Chami vio complejo abordar al teléfono con un desconocido. Colgó.

—Da la vuelta y llévame a Bueu, anda —dijo.

7

Amalia, trasteando en la cocina, reparó en que quizá Paquiño tampoco había vuelto a casa. Igual seguían los dos de fiesta. Eso sí sería un disgusto. Mon no bebía desde hacía cinco años: fue el regalo de cumpleaños que le hizo. El mejor regalo que le pudo hacer, porque Amalia fue los días siguientes pueblo arriba y pueblo abajo contando que su hijo ya no bebía, y que pronto tendrían noticias de él como las tuvieron de Chami. «Le gusta escribir», decía misteriosamente, como si preparase biografías secretas de cada vecino del pueblo para contrarrestar, de algún modo, la que todos habían escrito sobre ella a sus espaldas.

—Ramón, llama a Paco y pregunta si el hijo está en casa.

—Qué pasó.

—Mon no durmió aquí y no me coge el teléfono. No quería decirte nada —era mentira, se lo dijo en cuanto pudo—, pero hay que hacer algo.

«Los padres no se quedan parados cuando los hijos desaparecen —pensó Amalia—. Los padres se preocupan por sus hijos, saben dónde duermen si viven con ellos». Cuando el hijo de Vicenta la Parrochas empezó con la depresión en el instituto, ¿qué hicieron? Se preocuparon, preguntaron, sufrieron. Ella tuvo muy en cuenta eso cuando le tocó sufrir porque Mon empezase a beber mucho. Por las drogas no le dio, pero Amalia creía que era porque se le caían de las manos de lo borracho que iba siempre: no acertaba con la llave, iba a acertar con la vena. La Parrochas y el marido sufrieron como desgraciados y ella se aplicó el cuento: recordando lo que habían hecho con su hijo, hizo ella lo mismo con Mon cuando cayó en el alcohol. Llamó a puertas, preguntó, intentó hasta llorar un día delante de sus amigas en el Hotel Hotel. Como se vio incapaz, le dio tanta rabia y tanta frustración que se le cayeron varias lágrimas gordas y todas, víboras como ellas solas pero tiernas cuando el dolor asoma, la abrazaron y la consolaron. Amalia se sintió tan bien que pensó que quizá no todo era malo en el alcoholismo público de su hijo. Aprendió, por lo demás, una lección fundamental: lo importante es que la gente vea que se hacen las cosas, no la razón por la que se hacen.

Ahora Mon estaba limpio, como le gustaba presumir a él, ¿pero dónde andaba?, ¿qué iba a pensar la gente si ella no descolgaba un teléfono? No era mala madre. Estaba dispuesta a preocuparse. Pero primero que se preocupase su marido.

—Llama a Paco, anda —insistió.

Ramón se levantó de la silla de la cocina, su lugar favorito del mundo, el sitio que sin duda habría elegido como paraíso en el que perderse. Ni cocoteros, ni daiquiris, ni aguas azul turquesa. Aquella silla colonial con asiento tejido a mano con enea natural, blanca, que un día Ramón movió de la salita de estar a la cocina, era todo cuanto necesitaba para rozar la sensación de felicidad. Estaba convencido de que levantarse de allí le daba mala suerte. Desequilibraba fuerzas telúricas incontenibles. Despegar el culo de esa silla tenía el mismo riesgo que el aleteo de una mariposa, eso pensaba Ramón. Y luego estaba lo de Paco. ¿No había muerto su padre? ¿Quién podía asegurar que ahora no le tocaba al hijo? Esas cosas se sabe cómo empiezan pero nunca cómo acaban. Por si acaso, no conviene nunca juntarse con alguien que haya sufrido en su familia una muerte reciente. Sigue el olor por ahí, sigue la mala espina. Son cosas que Ramón Palmeira sabía bien. Se va al tanatorio a mostrar respeto, y luego se aleja uno un tiempo prudencial hasta que la muerte haya acabado el trabajo en esa casa. Pero su hijo pequeño nunca tuvo cabeza para nada. Capaz fue de subirse al coche con el nieto del muerto.

De repente no le apeteció ni coger el móvil. Para qué. Era mejor ya ir al hospital directamente, recibir la noticia y acabar cuanto antes con aquello. Qué absurda era la vida. Qué estupidez había sido levantarse de su silla. Cruzó el pasillo en nueve pasos, los tenía medidos, y entró en su cuarto, donde estaba el móvil cargando, un Motorola de cuando aproximadamente se había inventado el fuego. De pronto, un ruido le hizo aguzar el oído. Venía del techo. Lo percibió con claridad. Otra vez ratas, era increíble. Se habían asentado allí ya una vez, hacía años. En la parte de arriba de la casa había un lugar espacioso en el que guardaban una cama supletoria y juguetes y cachivaches de cuando los hijos fueron niños. Amalia había visto aquel pequeño fayado y dirigió militarmente una mínima obra de reforma en aquella casa con vistas que llegaban al mar (desde una ventana concreta y estirando el cuello hasta casi precipitarse a la calle, pero el mar). Ese falso techo solo había servido —según Ramón, que nada entendía de obras, que solo entendía de sillas— para darles un hogar a las ratas. Y allí estaban de nuevo.

—¡Los de las plagas! —bramó, haciendo un esfuerzo.

—¿Los qué? —respondió Amalia desde el baño, frotando la pasta de dientes reseca que se había quedado en la pila después de que el niño se los lavase.

—Los de las plagas. Vienen.

—Déjalos estar, ya les avisaré. ¿Llamaste al amigo del niño?

Pero Ramón buscó primero al niño, que había cumplido ya treinta y seis años, en la agenda. Que no le cogiese el teléfono a su madre no quería decir que no se lo cogiese a él. Marcó el número. Se descolgó al instante.

—Vienes. Tu madre está nerviosa.

—Sí.

—Tú quién eres.

—Tu hijo, papá.

—Mi hijo. Pero no el hijo al que estoy llamando. —Aquella densidad, de repente tan pocas ganas de contestar, de hablar con nadie. Estaba tan lejos de la silla que la vuelta a ella se le antojó una expedición, un periplo.

—No, tengo yo su móvil. Se lo ha dejado en un taxi.

—Increíble. Su móvil. Y lo tienes tú. Pues no durmió en casa.

—No tardo. —Para Chami, hablar con su padre era como pasar dos horas en el gimnasio.

—Pues eso. No tardéis.

Ramón volvió despacio a la cocina arrastrando las puntas de las pantuflas por el mármol y, desde la puerta, contempló la silla. «Qué palabras —pensó—: cocina, puerta, silla». En qué momento se inventaron otras.

Cuando la alcanzó, bajó el culo con la misma parsimonia con que sospechaba que el Cid había montado a su caballo. Nunca le había pasado nada malo sentado en esa silla. Era suya de una manera tan íntima, se había generado tal relación de dependencia entre el objeto y él, que el día en que su mujer se sentó allí fue cuando le dio el ictus. Ramón no dijo nada, bastante tuvo aquellos días con el susto, pero estaba convencido de que había sido cosa de la silla. Era de esa clase de certezas que se confirman viviéndolas, no verbalizándolas ni compartiéndolas con nadie. La vida, se dijo ya sentado, estaba llena de cosas así, de saberes vergonzosos, de saberes pudorosos. Y cuando Amalia entró como un huracán en la cocina con el paño al hombro, canturreando, pensó Ramón que allí estaba el primero de todos, el acuerdo tácito, el pacto nunca hablado que toda la familia había firmado con ella.

8

Chami Palmeira tenía miedo de algo tan oscuro e imprevisible como el océano. Le parecía insólito que subiese y bajase a lo largo del día, que eso lo hiciese, además, solo, sin intervención humana, es decir, sin intervención de los que se exponían a su capricho, sino debido a la acción gravitatoria del sol y de la luna, y que la gente estuviese tan tranquila, o que de repente se formasen olas y a la gente eso le divirtiese e incluso las imitase en piscinas, o que el 91 por ciento de las especies oceánicas no se conociesen y el 80 por ciento del océano ni siquiera hubiese sido explorado, y que eso a la gente no solo no le importase, sino que se metiese dentro. Chami Palmeira tenía la misma relación con el mar que con las mujeres.

Frente a la playa de Agrelo, en Bueu, al otro lado de la ría, se adivinaba su pueblo; y tuvo la idea confusa de que si ampliaba el zoom de su teléfono podría distinguir su casa, aun borrosa. Le parecía increíble, incluso sin comprobarlo. Si no lo hacía era por si veía a su madre en el balcón de casa y, de alguna manera extraña, ella lo veía a él. Estaba a quince minutos en moto de agua en línea recta; a cuarenta en coche por las curvas de la ría.

La conversación con el taxista cuando fue a recoger el móvil le había dejado mal cuerpo. La paz anterior, aquella que le invadió al bajar del avión, esa paz que los seres humanos alcanzan cuando vuelven a pisar tierra, se había desvanecido. Sobrellevaba los problemas habituales: una ex de la que no sabes si sigues enamorado, algunos amigos hablando mal de ti a tus espaldas, tertulias de la tele en las que se ríen de ti, la impotencia sexual; asuntos incómodos que no impiden el curso de la vida. De hecho, podría decirse que lo empujan. Tenía previsto volver el 2 de enero a Madrid y empezar la remontada de alguno de ellos: tratar de ver a Pastora y aclarar sus sentimientos (le gustaba la idea de tenerla delante, mirándola en silencio, para decir luego: «Estoy aclarando mis sentimientos», y recibir una bofetada a mano abierta), cortar un par de cabezas entre sus amigos (esto podría adelantarlo en Galicia), resurgir profesionalmente (y que dentro de un tiempo la periodista de ese reportaje hiciese otro en sentido contrario) y quizá visitar a un urólogo, visto que la psiquiatría no funcionaba. Luego también estaba el mensaje de Instagram que acababa de recibir, pero eso ahora no tocaba. «Ahora» eran dos minutos, siempre era así. A veces dedicaba cuatro a dormir un rato. Uno para dejar de pensar en algo. Dos para darle una vuelta más. No concebía el tiempo más allá. A Chami le gustaba pensar que era una persona bien compleja. Siempre estaba remontando algo. Y cuando no había nada que remontar, se encargaba de que lo hubiese. La estabilidad lo hundía como arenas movedizas. Había que estar siempre en movimiento, aunque fuese en dirección contraria. En ese momento de su vida se le habían reunido ya varios conflictos, así que esperaba con expectación el año nuevo para empezar la poda. Pero llegar a un pueblo en el que habían desaparecido dos niños para ver a una familia de la que había desaparecido un hermano le parecía mucha desaparición de Dios.

El taxista, un hombre agradable y confundido, dueño de un bigote imperial, le había dicho que su hermano fue callado y tranquilo durante el viaje, y que le pidió que lo dejase en la estación de Pontevedra. Chami no tenía idea de adónde había podido ir, pero le cuadraba Vigo. Había conocido a alguien allí, le dijo la última vez que hablaron por teléfono. «Vigo es enorme para alguien como Mon», pensó Chami, aunque recordó que tenía allí algún amigo de cuando estudió un año Filología Hispánica. Empezó Derecho, pero su madre lo cambió de carrera en cuanto supo que quería dejar los estudios para ser escritor: «Si quieres ser escritor, estudias la carrera de escritor: la carrera de las palabritas». Mon iba todas las mañanas a la facultad en un autobús que lo dejaba en Torrecedeira, donde el campus. A Chami le sonaba que Mon había hecho un buen amigo allí del que recordaba el nombre: Tomás. Se parecía a aquel cantautor, Javier Álvarez, y los meses de agosto los pasaba en Italia recogiendo manzanas. La verdad es que contaba aquella experiencia demasiado idílicamente: una casa compartida en Emilia-Romaña, chicas muy guapas que tocaban la armónica, porros al atardecer, amistades verdaderas. Una mierda: recogían manzanas de la mañana a la noche, y cuando ponían recta la espalda se desplomaban en un pajar a dormir. Tomás podía decir misa. Tomás podía cantar «La edad del porvenir», incluso. Pero Mon era un soñador, y soñaba que ir a recoger manzanas con Tomás en agosto, en vez de quedarse tomando el sol en el chiringuito Telleiro de Areas, era como conducir un Escarabajo por la Toscana. Un verano se puso tan pesado que su madre, fuera de sí, casi le estampa una botella de sidra en la cabeza.

En Agrelo empezaban a oler las brasas del Asador Luciano, que hacía unos pollos picantones que a Chami le encantaban desde niño. Había pedido una cerveza de lata en el merendero para irse a un banco y tratar de pensar. Tenía delante el océano y lo contemplaba sin diversión. Suspiró ostentosamente, como si le estuviesen grabando a escondidas. Abrió de nuevo el privado de Instagram que le había llegado diez minutos antes, una foto enviada por una chica que se llamaba Sara Sarriaga. Demasiado joven para él, le echó a ojo veinticuatro o veinticinco años, pero a veces pasan estas cosas, sobre todo con el sexo improvisado. No va a andar uno por ahí pidiendo el DNI como si fuese un policía o un pederasta.

La imagen impactaba. Era un culo lleno de moratones y mordiscos; estaba prácticamente oscurecido por los golpes. En caso de acabar mal la cosa. Pero ¿por qué habría de ponerse mal la cosa?

Escribió en el chat: «¡Hala!», con el emoji estratégico de un corazón. Un corazón de color rojo, pues no era momento de especular. Y en la siguiente línea: «¿Te gustó?». Fue consciente de una manera repentinamente amarga, que es la manera en que llega al estómago antes que a la cabeza, de que aquella respuesta condicionaría su vida. En manos de ella, aquella chica a la que apenas conocía, estaba decir la verdad o una mentira. Y en el uso del determinante se ocultaba el transparente secreto de todo: existe «la verdad» y existe «una mentira», de ningún modo existirá nunca «una verdad» y «la mentira». Como la verdad solo puede ser una, la mentira puede ser cualquier cosa. A eso estaba expuesto, a que a una chica muy joven, de la que desconocía circunstancias personales o económicas, le diese por ser aburrida y decir lo único que debe decir, o por ponerse imaginativa, fresca y aventurera, abriéndose múltiples posibilidades en su historia y sus consecuencias, desde la fama hasta el dinero.

«¡Ah! —se derrumbó—, ahí está el Chami a medio deconstruir, como un pollo sacado del horno con la piel crujiente pero la carne aún cruda por dentro: más feminista según la distancia que haya con el caso a diagnosticar». Se censuró de inmediato. Trató de reconducir su maltrecha visión de género aportando sentido común. Se sorprendió haciendo verdaderos esfuerzos, y fue consciente de ello: por más racional que quisiese ponerse, empezaba a entrar en estado de pánico porque la chica no contestaba. ¿Estaría ocupada en comisaría?

Chami se calmó. Intentó sonreír, incluso, sin éxito. Pero tomó aire y eso le hizo bien. Si denunciar arruina muchas veces la vida de una mujer —y la vincula para siempre al nombre de su agresor, exponiéndose a que algo cierto sea desacreditado—, ¿por qué una mujer que no ha sufrido esa violencia querría denunciarlo? ¿En qué momento alguien cree que una persona con la que acaba de coincidir se va a buscar ella sola el escrutinio judicial y la sospecha social mediante una mentira con tal de arruinarle la vida a otra que acaba de conocer, y con la que por tanto no tiene pleitos ni cuentas pendientes?

Si aquella Sara decía la verdad, la vida seguiría su curso sin más alteraciones que las dispuestas porque la verdad establece un curso de los acontecimientos más natural o previsible; si bien a veces más dramático, pero un curso inevitablemente más honesto: estas son las cosas, algunas indigeribles, de acuerdo, pero peor sería que las indigeribles además no existiesen y creyésemos que sí. Nosotros o, peor, los demás.

Si mentía, la vida de Chami Palmeira se iría por el retrete durante unos cuantos años, quizá todos. Pero ¿y la de ella? ¿No paga el mentiroso, aunque su mentira gane (nunca puede estar seguro del todo), un precio alto por la ficción que distribuye? ¿No tiene que pasarse el resto de su vida consolidando una versión, adecentándola, repitiéndosela, creyéndosela, aun sabiendo en el rincón más libre de su cerebro, aquel no colonizado por la invención y la necesidad de creerla, que todo es un gran engaño, y convivir, para siempre, con la idea, esta sí real, de que un inocente paga condena y esa condena podría volverse, con mucha más intensidad, sobre el que la provocó con falsedades?

Chami se estaba poniendo al día con todo eso. Se habían enrollado ese verano. Ella lo paró en la calle San Mateo, a la altura del Museo del Romanticismo; y lo paró como pudo haber parado a otro, sin reconocerlo. Se presentó con gracia y Chami estaba también de buen humor. Era agosto, el cielo estaba despejado pero no hacía mucho calor. Era siempre mejor así. Durante los agostos en Madrid hacía una temperatura insoportable, y Chami se acordaba siempre del primer libro que le había regalado Mon, *El extranjero*, de Albert Camus, y del efecto del calor en Meursault: pocos familiares había matado.

Sara buscaba El Cisne Azul, un restaurante que estaba a un par de calles. Pasaba la noche en Madrid antes de salir para Roma, «nunca he estado allí, pero me esperan amigos que hice por TikTok». Su móvil se había quedado sin batería y se había olvidado el cargador en la habitación del hotel. «Un móvil sin batería es la manera más rápida, en una ciudad desconocida, de encontrar amigos y amor», pensó Chami: hay que levantar la cabeza y tropezarse de una vez por todas con el mundo. Se ofreció a acompañarla al restaurante y por el camino habló, supuso que para espantar los nervios. ¿Pero los nervios de qué? Le ocurría siempre con una chica a solas: se ponía nervioso y daba lo mejor de él, como un animal salvaje en estado de máxima tensión, los sentidos a pleno rendimiento. Sonrió sin ganas, y ella le dijo que aquella sonrisa desganada le hacía gracia por sus paletas separadas. En fin. Volvió a la foto. Chami no podría desentenderse de aquello: en los mordiscos podía intuirse su diastema, que llevaba en la boca como quien lleva suelta una cadenita de ADN.

9

El frío de verdad, el que se presenta bajo los pies, apareció a una hora insólita, al final de la mañana. Bajaron de golpe tres o cuatro grados, calculó Ramón sentado en la cocina sin más ciencia que sus impresiones. Pidió una manta a Amalia para ponérsela sobre las piernas, pero antes se levantó y salió a la entrada. Era un hombre chaparro y fuerte, de piernas regordetas. Ya casi no se le veía por el pueblo salvo que hubiese fenómenos atmosféricos llamativos. El clima ocupaba la mayor parte de sus inquietudes: le deslumbraba el calor, el frío, la lluvia, el viento. También la gente: sus cantidades. Cuando aún bajaba al centro, volvía a casa siempre asombrado: «mucha gente», «increíble la gente que había», «no se podía dar un paso», «qué cantidad de gente». Lo hacía de una manera menos lacónica que ahora, cuando ya tenía exprimido el lenguaje hasta el mínimo. A Ramón la presencia de dos personas en una misma calle ya le parecía una manifestación. Por eso, en verano daba brincos de estupor. «¡No se cabe, no se cabe!». Pero si no había nadie, pero nadie, ni siquiera coches por la carretera, su emoción era aterradora: «¡Ni un alma, ni un alma!», «increíble, no hay nadie!». Se diría que a Ramón Palmeira el hecho de que el planeta fuese un lugar con temperatura y habitantes le tenía desconcertado. Pero aquello era lo único que le hacía levantar de la silla sin que se lo pidiesen. Ahora estaba en el balcón, dejando que el frío se le metiese en el cuerpo para tratar de calcular aquella desmesura. Le empezaron a tiritar los labios, o los movió él mismo sugestionado, y se metió dentro murmurando: «Increíble». Tenía ya la manta sobre la silla, y se la echó encima en cuanto se sentó. ¿Cuánto tiempo había pasado de pie? No quería ni pensarlo. Pidió a Amalia que abriese un tinto de Barrantes.

Ella, de vuelta en la cocina, echó un rápido vistazo a su marido. Era, pensó, un desecho evolutivo, un hombre al que los cuidados extremos y la sobreprotección habían convertido en alguien expuesto a la enfermedad y la muerte, como esos niños tan protegidos que no han generado defensas. Tenía especial sensibilidad al clima: si bajaba un grado, moría de frío. Amalia había escuchado que el corazón de un colibrí late mil doscientas veces por minuto, y que una bajada brusca de temperatura lo podía matar en segundos. Asumió la responsabilidad de aquello, no había problema. Ella tenía la culpa de todo, como le recordaba siempre su hermana Maribel. «Los regaste tanto que se te pudrieron», le dijo antes de retirarle el saludo. «¡A una hermana! ¡No saludar a una hermana!». Amalia tenía que apoyar la mano en el respaldo de una silla cada vez que lo pensaba.

La primera vez que no la saludó, saliendo del mercado de abastos, casi le arranca la cabeza. Tuvo que separarlas Severino, el de la frutería. Amalia gritaba: «¡Puta del demonio!», agitando como un caniche la peluca que le acababa de arrancar, mientras Maribel lloraba y lloraba, y decía a la gente: «Está *tola*, está *tola*, *non lle fagades* nada que está enferma», y Amalia se puso aún peor y le dijo: «Enferma estás tú que te mandó Dios un cáncer, calva», y Severino, que tuvo que dejar una caja de arándanos en el suelo, se esforzó ya no en parar los manotazos de Amalia, sino en cerrarle la boca, pues consideró, en décimas de segundo, que la prioridad no era la integridad física de Maribel, sino la salvación del pueblo.

—Qué cosas salían de la boca de aquel *demo*, Seve —le dijo su ayudante esa tarde—. Qué listo estuviste callándola, las hostias que daba eran lo de menos.

—Perdimos la fruta, Rafiña, nada que celebrar.

—En uno de sus arranques violentos, Amalia había tropezado con la caja de Severino y los arándanos empezaron a rodar calle abajo.

—Fuiste listo, jefe. Como aquel ayudante de Fraga cuando se metieron los dos en la playa desnudos aprovechando que no había nadie, ¿te suena? Llegó un autobús de un colegio de monjas y Fraga salió corriendo tapándose las vergüenzas, y el otro le decía: «¡Los huevos no, Manolo, la cara!». Pues fuiste listo como él. Prioridades. A veces hay que dejar los cojones al aire.

Severino Gonluis pensó un momento en Manuel Fraga Iribarne. «Mucho le voté», dijo a Rafiña. «Cuando pudiste, jefe, que antes no se le podía votar». «¿Y tú qué eres ahora, ¿comunista?». Severino se puso a pelar una naranja mirando de reojo a su ayudante. Hasta los huevos le tenía con sus pullitas. No se votaría entonces, pero dos viejas no andaban a hostias por la calle como si fuesen Latin Kings. Y siendo hermanas. Aunque, bueno, Severino no se hablaba con su hermano desde hacía treinta y cinco años por una discusión de fútbol. Pero no se acercaría a él ni para pegarle.

—¿Llamaste a Paco a ver si el hijo pasó la noche en casa? —La cabeza de Amalia asomada por la puerta, sus rizos desordenados, «un pelo débil propio de alguien enfermo o loco», pensó Ramón al ver tan de cerca el cráneo empapado del que salía vaho por los esfuerzos, dándole a su mujer apariencia de santidad delirante.

—Llamé a Mon —respondió.

—¿Te cogió a ti?

—Fue Xabier.

—Xabier fue *el qué* —la desesperación pura.

—Que tiene su teléfono Xabier, no sé dónde está Mon.

¿Y qué hacía Xabi con el teléfono de Mon? ¿Había llegado al pueblo y no había pasado por casa? Eso era imposible. ¿Y dónde andaba Mon? Sentía que no podía interesarse por todo.

Amalia miró la hora en su pequeño reloj bañado en oro, clásico, de números romanos, con cristal rayado y una malla que alguna vez fue elegante. Le daba cuerda todas las mañanas, nada más despertar. Era ya la una y media de la tarde. El niño había olvidado al conejo, de momento, y se entretenía viendo *youtubers* en el iPad tirado en la cama ya hecha que luego, pensó Amalia según salía del cuarto, tendría que volver a arreglar. Ramón había encendido la televisión de la cocina, un cacharro pequeño que se colocó allí en 1997 para seguir los programas especiales por la muerte de Lady Di. Tenía puesta una reposición de *El coche fantástico* que miraba fascinado, ya bastante tocado con los vermús y la segunda copa del tinto de Barrantes.

—Quizá después de todo pueda ir al Hotel Hotel —pensó Amalia en alto.

Estaba plantada en medio de la cocina con los fuegos controlados, el horno ya apagado, el apartamento lustroso. Hizo hueco en la nevera para meter un par de fuentes con la comida del día siguiente y, de pronto, le apeteció un quinto de Estrella con sus amigas. Pensó que no le daría tiempo, pero también pensó que sus hijos ya deberían haber llegado a casa a esa hora.

—Mira, voy al Hotel Hotel.

Ramón ni la miró. En la televisión, Kitt mantenía una conversación con Michael. Amalia fue a su habitación a cambiarse. Mientras se echaba por el cuello un fular, intentó recordar cuál había sido la última conversación que había tenido con su marido. Nunca, pensó cuando ya salía a la calle. Nunca había hablado con él de algo. Los primeros años recordaba algunas charlas, breves, sobre el tiempo que hacía, sobre todo en 1987, cuando cayó la primera nevada en un siglo. Sus «increíble» se escucharon en Ribadesella. Después, con el tiempo, cayó sobre el hogar una sucesión de frases de gramática imposible, una desidia absoluta que incluso alcanzaba al tono de voz, neutro. ¿Le importaba a ella? No. Pero le molestaba. «Me jode», matizó para sus oscuros adentros.

Todos los matrimonios hablaban, menos el suyo. Feli y Roge tomaban siempre el vermú los domingos en el Gran Suqui. Se sentaban en una mesita de la acera y hablaban de sus hijas, que trabajaban en la moda. Que dos pintamonas como ellas hubiesen conseguido un trabajo tan importante incrementaba el estupor sordo de Amalia hacia Mon. Mon había salido varios años con Ágatha, la hija pequeña de Feli y Roge, justo cuando Chami fue al Mundial; Amalia era muchas cosas, pero no tonta. Acabaron porque Mon, que era un chico muy tierno, dejaba morir las cosas, eso si no las ahogaba. Y el siguiente chico de Ágatha resulta que hizo fortuna; claro que era hijo único: la chica ya no podía fallar. Feli y Roge hacían una especie de balance semanal de cómo les iba la vida a sus hijas, sus trabajos y sus amoríos. Feli las llamaba casi todos los días y, al despedirse, nunca colgaba; se quedaba escuchando a ver si había suerte y pillaba algo. No la desanimaba nada, ni siquiera cuando escuchó un día a Ágatha diciéndole a su nuevo novio: «Ya sé que es una puta pesada, pero qué le voy a hacer». Y el otro: «Tienes cuarenta y ocho años, tú verás». Cuarenta y ocho hostias te dábamos nosotras a ti, pastelero. El novio de Ágatha tenía una cadena de repostería muy famosa en Galicia, vivían los dos en un chalé tremendo de Arteixo, pero en el pueblo él era «el pastelero», del mismo modo que para la pandilla de amigas de Amalia, Steve Jobs hubiera sido «el electricista». Era lo que había, pensó Amalia con orgullo. Seguro que Feli pensaba lo mismo que ella. Además, ¿el yerno de Feli no sabía hacer pasteles? Pues pastelero. Ahora va a ser malo hacer tartas. Todos esos ricos quieren siempre lo mismo: aprenden a hacer tartas y en cuanto venden dos ya no quieren ser pasteleros, quieren ser empresarios. Pues pasteleros. Pasteleros y también hijos de puta.

Mon, pensaba muchas veces Amalia, se alejaba de las cosas diez minutos antes de que le dejasen de importar. No decía nunca nada, tampoco al teléfono, si cogía. Había renunciado a todo lo que buscó su hermano, que era el juicio permanente de los demás. En aquel gesto Amalia juzgaba que no había nada de épico ni de sublime, sino de facilidad. Mon fue el hijo que hizo de la familia una familia normal, buscado y deseado, cuando ella tenía veintiséis años. Pero a Chami lo tuvo con catorce. Amalia y Chami tuvieron que ganarse la normalidad. De alguna manera, Amalia se la tenía que seguir ganando.

10

El mar estaba más oscuro y batía lento contra las rocas; olor a sal y a leña de chimeneas lejanas. El viento llegaba limpio desde la ría y enfriaba la cara. El aire en Agrelo era húmedo, salado y cortante, se metía por la nariz y arañaba por dentro. El cielo estaba bajo, cerca de su cabeza, y unas pocas nubes pesaban sobre la ría. Había una luz clara y brillante de un sol grande y sin fuerza. La arena de la playa estaba mojada y oscura, con charcos aquí y allá, y restos de algas en la orilla. Chami vio dos barcos fondeados a lo lejos, quietos. El agua mansa y helada, un azul metálico como de cuchilla. Un olor a gasóleo de barco viejo llegaba desde el puerto cercano. Había latas de cerveza entre los juncos y un grafiti desteñido.

Por un momento olvidó el miedo, su peor miedo: el que sabes que no debes tener pero tienes.

«La primera vez que vine a Madrid, fue el restaurante al que me llevaron nada más poner un pie en Atocha», le había dicho Chami a Sara de camino al Cisne Azul aquel verano. Y Chami entonces recordó con gracia a Pablo, aquel singular y elegantísimo joven, religioso y sabio, que le descubrió las mejores tiendas de sombreros de Madrid, las barras de los mejores dry martinis, la cera especial para el pelo, el arte de sobornar a porteros de clubs y entrarles sobrio a las mujeres, con tacto pero con enorme descaro, sin intimidar pero sin pedir por favor. Que se lo hubiese enseñado no quería decir que Chami lo aplicase, de hecho, no aplicó ninguna de las enseñanzas: nunca se cubría la cabeza, tenía mejor pelo que Pablo, no iba a pubs ni discotecas con portero y las mujeres le entraban a él, no tanto por su atractivo sino por su pasividad, y lo prefería así: jugaba mejor al resto. Pero Chami no era tan culto, ni vestía tan bien, ni mucho menos tenía el mundo, los modales y la fortuna familiar del corrosivo Pablo, al que Chami quería bien. Pablo, sin embargo, decía no querer a nadie, pero Chami no se lo reprochaba: la gente que quiere a Dios por encima de todas las cosas nunca quiere a nadie de verdad.

Pablo y él coincidieron por última vez en Londres, en una final de la Champions League. Durante la previa del partido, se encontraron en el bar del hotel Connaught con un grupito heterodoxo, en el sentido más mundano, menos elevado, de la palabra. Entre los aficionados estaba un joven sacerdote, y Pablo, que llevaba tiempo estudiando Teología y compaginando a Dios con chicas de Esade y amigos imputados por corrupción, le pegó una paliza verbal al cura cuando se pusieron a debatir acerca de Hans Urs von Balthasar, sobre el que el religioso estaba haciendo su tesis. Los demás tomaron julepes de menta uno tras otro oyendo cosas sobre el tal Von Balthasar. A Chami, que se sentía orgullosamente más pueblerino que nunca en las grandes capitales y lo exageraba en voz alta buscando arrogarse su clase social extraviada, aquel nombre le remitía al rey mago, así que se lo imaginó negro en todo momento. En el vuelo de vuelta, Pablo le anunció, aún de resaca, que dejaría los consejos de administración en los que estaba metido para tratar de ordenarse sacerdote. Chami no lo volvió a ver, así que lo supuso febril y beato quemando sus trajes a medida y sus sombreros fedora a las puertas de un seminario. Dios siempre tiene frío, y Pablo tardaría en saber que no hay nada que lo caliente.

Todo eso le iba contando a Sara, que lo escuchaba encantada —o fingiéndolo— mientras cruzaban las calles de Chueca, desiertas a las dos de la tarde. A Chami le empezó a caer bien por la narcisista razón de que le reía las gracias. Y creía que él le gustaba. Por supuesto, se quedó a comer con ella. Así le recomendaría, dijo, lo mejor del menú.

En silencio, recordó lo mucho que le gustaba a su madre Pablo. Su cercanía a Dios. No es que ella fuese muy religiosa y jamás iba a misa («no tengo tiempo»), pero sí le gustaba tener algunos delegados. Todos los días, sin excepción, su madre y él hablaban entre quince y veinte minutos en los que Chami la ponía al día de todo lo que había hecho, primero en A Coruña, luego en Valencia, finalmente en Londres y México, ya al final de su carrera. Bromeaban diciendo que Chami era el Tío Matt el Viajero, el fraguel explorador que recorría el mundo exterior (el mundo humano) y mandaba postales contando sus descubrimientos, que siempre interpretaba de forma disparatada. Amalia, por su parte, le contaba cómo todo el pueblo se reunía en los bares cada vez que jugaban equipos que les importaban un pimiento solo para verlo a él. Cuando fue convocado al Mundial, Amalia encabezó la plataforma para que los partidos se retransmitiesen por una pantalla gigante en el puerto. Había sufrido demasiado como para ahora no sacar pecho.

Durante aquella comida en El Cisne Azul empezó el juego. Siempre se inicia en algún momento, y el suyo, por las prisas de Sara, comenzó ya en la mesa. Descarada y sola en Madrid, dibujaba bruscamente el terreno: chascarrillos rancios, dobles sentidos más o menos ingeniosos y, de vez en cuando, alguna barbaridad que debía de excitar a Chami. Pero Chami llevaba semanas sin conseguir excitarse. ¿Ni siquiera con una desconocida de paso en un hotel? Ni siquiera. De camino al restaurante, Chami había fingido una llamada para retrasarse y poder observarle el culo. Ya en la mesa, disimulaba colocarse la servilleta bien sobre los muslos para acariciarse la entrepierna, para estimular la circulación, para lo que fuese: en aquellos momentos de zozobra no le hubiera importado hacerse una paja en público con tal de verse de nuevo en activo. A lo tonto, se había metido dentro de su propia trampa. Lo que estaba haciendo era lo que esos mancos recientes cuando en su cabeza pretenden mover el brazo que ya no tienen. No podía ser más imbécil.

Al llegar al hotel fue sincero a medias, con esas cosas era mejor acabar cuanto antes: le dijo que no podrían follar, pero por culpa de una medicación que estaba tomando. «Asuntos de ansiedad», dijo misteriosamente; usaba la ansiedad para todo, consideraba la ansiedad el comodín de su generación y no digamos de las posteriores. La chica dijo que no importaba, que había muchas cosas que se podían hacer sin polla, y nada más decirlo Chami supo que estaba perdido: quien suelta esa frase hecha está a punto de abalanzarse sobre la entrepierna creyendo, muy ufana, que a ella no se le resistirá. Y se le resistió, vaya si se le resistió; porque no peleaba contra un miembro sexual dimitido al que le habían hurtado la sangre, sino contra un cerebro poderosísimo, el de Chami, que observaba desganado a Sara se pusiera como se pusiese y dijera lo que dijese; contra un pasado repleto de costurones en forma de inseguridades que lo habían dejado en el precipicio tantas veces que prefería olvidarlo; contra una delicada inconsciencia, un encanto febril y dulce que hacía, finalmente, que las mujeres quisieran consolarlo. Y de ahí, de que te consuele alguien a quien acabas de conocer mientras estás desnudo, no se vuelve nunca.

Para entonces ya le había empezado a ocurrir más veces de las prudentes. Tener que apartar con suavidad la cabeza de ella, mientras se resiste: «Yo no soy como las demás, déjame y verás». Pero nadie ve nada, y cuanto más tiempo pasaba, más se hundía él: más crecía su impotencia y su vergüenza, y más lejos se iba su cabeza. Sara, que no lo reconoció en absoluto («demasiado joven», se consoló él), estaba dispuesta a amortizar las horas sueltas que tenía en Madrid con aquel maduro tan interesante. Había algo tan incómodo en verla metiéndose en la boca aquella carne endeble y arrugada, que Chami apartó la vista. Ojalá hubiese tenido delante las vidrieras de la iglesia de su pueblo para descansar un rato la vista en ellas, aquellos penitentes dulces y limpios arrastrando cruces. En otros tiempos se habría subido el calzoncillo corriendo; odiaba presentarse ante una mujer en la cama con el pene en reposo; creía, hasta hacía no mucho, que era como presentarse a una guerra en pijama, lo cual dio pie, al expresar esa idea que creía original, a que una amiga suya le señalase lo increíblemente masculino que resultaba comparar el sexo con la violencia.

Tendría que funcionar el músculo por sí solo, sin mandato de la cabeza, que ya se había ido a otra parte. Pero eso era imposible, era arrancar un coche sin gasolina. Y Chami, y Sara, y todo el mundo la pagaban con el coche. Ella hablaba y hablaba. Tanteaba con el lenguaje lo que haría excitar a Chami: sumisa, ama, pasota, esforzada, un repaso acelerado a las categorías del porno mediante discursos brevísimos. El esfuerzo fue encomiable y Chami sintió lástima por ella: merecía una erección, cualquier erección, y casi sin quererlo buscó con la mirada el número del servicio de habitaciones. Cerró los ojos y suspiró, como cuando iba a misa y el cura no acababa nunca su monólogo castrador. Qué necesidad había de aquello. La chica le había preguntado por un restaurante en mitad de una ciudad desierta y él la había llevado a un patíbulo en el que ni ahorcándose podría empalmarse.

Sara se arrodilló, ya desnuda, en la cama. Estaba, pese a todo, de buen humor, y pidió a Chami que le comiese y le mordiese el culo. Ella se pondría a cuatro patas para masturbarse mientras él le hacía daño. Así se correría, dijo. Chami odiaba el sadomaso y sus variantes más ligeras, pero, después de la primera decepción, capaz era ella de pensar que tampoco tenía dientes. Así que mordió primero despacio y luego, a la orden de Sara, con toda la rabia que llevaba dentro; fue un camión cisterna con material inflamable que derramó en cada mordisco, al que luego acompañaron palmetadas violentas y escupitajos. Sara se corrió con un alarido que a Chami le pareció desproporcionado, y luego le dio un beso en los labios y le dijo: «Gracias. Vete, vete, vete».

¿Había sido un encuentro decepcionante? ¿Se había quedado contenta? ¿Podría denunciarle por no cumplir las expectativas? Pero, sobre todo, ¿a qué venía esa foto tantos meses después? Eso era lo que le turbaba.

Como no se le levantó, amable juez, perdió el control sobre sí mismo y la tomó, a dentelladas secas y calientes, contra mi culo jovencísimo, prácticamente el culo de una menor, toque usted, toque.

El teléfono de Chami silbó de repente, helándole la sangre. Era una notificación de Instagram. Mensaje de Sara Sarriaga. Abrió sin pensarlo, como cuando veía las notas de un examen: que sea lo que Dios quiera.

«Me encantó. Y quiero repetir. Estoy en Galicia, paso con mis padres la Nochevieja en Santiago y hoy bajamos a Sanxenxo. ¿Habrá suerte?».

Chami hizo captura de la conversación y la guardó en su galería. Tenía muchas así. «¿Te gustó?». «Me encantó». Captura. Uno nunca sabe, hasta que sabe.

11

Amalia esperó en el paso de peatones para cruzar en dirección al Hotel Hotel. Pasaron varios del pueblo que pitaron y sacaron la mano por la ventanilla para saludarla, pese al frío. Se le respetaba, a Amalia. Ella saludó efusiva hasta que se dio cuenta de que ninguno frenaba para que ella cruzase. «*Cona que os pariu...*». Era mujer de acción. Había que trabajar, había que levantar una familia y, si me apuras, el país. En marcha, todos en marcha, ella la primera.

A ella la quería todo el pueblo. Si no habían parado habría sido por despistados, por borrachos o por imbéciles, pero no por mal a ella. Era Amalia. Allí decías «Amalia» y todo el mundo sabía a quién te referías. O te había regalado algo, o te había cocinado algo, o había llegado la primera al tanatorio y se había marchado la última, o te había ayudado en la cosecha y en la vendimia, o te había llevado unas fresas de la finca de su padre, el difunto Rebello, por el nacimiento de un hijo. No paraba quieta las dieciocho horas que estaba despierta, más o menos. Si descansaba, era para calcetar. Calcetaba patucos, bufandas, gorritos, manoplas, calcetines y jerséis, y enumeraba todo ello con los dedos de las manos hasta que se le acababan. Siempre que nacía alguien en el pueblo, se ponía a ello. Calcetaba andando de un lado a otro por el pasillo, o de pie en la salita con los programas del corazón en la tele. Y cocinaba también.

Cocinaba para ella y para Ramón, para los hijos si estaban en casa, y hacía empanadas, roscones, pasteles o tartas para los vecinos. Lo que no hacía para los vecinos era limpiar, eso ya era lo que faltaba.

Un día entero se reservó para quitar la mancha oscura que había justo donde se unía el grifo del bidé con la loza, una mancha que nunca se iba con nada. Llevaba años en guerra con esa sombra y aquel día decidió dedicárselo a ella. Abrió el armario del baño, sacó el estropajo de aluminio y una espátula oxidada que antes usaba para rascar el hielo del congelador. Se agachó con un resoplido de jabalí y examinó el grifo. Hundió la espátula en el borde, giró la muñeca con fuerza y empezó a rascar. Los nudillos le crujían. Era como si la mancha creciera cuanto más insistía, como si aquella mancha del demonio se estuviese defendiendo. «La mierda que no se ve. Está el mundo lleno de ella». El niño había vomitado ahí una vez; o Chami, cuando era chico. O quizá Mon. O el padre. Uno de ellos. No recordaba cuál, pero el vómito —debía de ser vómito— quedó en los huecos. Ella limpió, *carallo* si limpió. Con amoníaco. Con vinagre. Con estropajo, con uñas. Limpió hasta que la porcelana se volvió rugosa. Ahora usaba guantes verdes hasta el codo y respiraba por la boca. La esponja sangraba espuma. Rascó, rascó y rascó, pero la mancha no salió. Lo que fuera que estuviese viviendo bajo ese grifo no quería marcharse. Se incorporó despacio y se acercó dando pasos bruscos, embriagada por los olores de los desinfectantes, al cuartito del pasillo. Sacó la vaporeta. La enchufó. Esperó a que el agua hirviera. El vapor empezó a salir por la boquilla con un siseo violento. Y Amalia apuntó al grifo como quien apunta al culpable de todos los males de la familia, y dijo: «Ahora vas a hablar». Pero nunca hablaba.

Pasaron dos coches de la Policía Local a toda velocidad. Ni repararon en el paso de peatones; supuso Amalia que iban a la búsqueda de los niños desaparecidos. Detrás iban los bomberos. Pasó luego el coche de otro vecino que no reconoció, pero que pitó al verla y ella, alborozada, volvió a agitar la manita al aire. En marcha, la vida en marcha, días de reencuentros, el pueblo vivo.

Cuando apareció por la terraza del Hotel Hotel, allí ya estaban todas. Feli Pérez, María Acueductos, Vicenta la Parrochas y doña Plausina. ¿Cuántos años llevaban juntándose allí para fumar ducados y tomar el café antes de comer? ¿No era aquella una vida normal, la vida tranquila y animosa de un pequeño pueblo, de una gente que no hacía daño a nadie?

—Qué fue, luego.

—¡*Hoxe non hai café*, hoy estamos de vermuses!

—Yo quiero un tercio, ya tomé vermú en casa.

—¿Te llegaron los niños? —se interesó doña Plausina, siempre haciendo grupo, atenta a las preguntas que podría echar de menos la recién llegada. Amalia la miró con admiración. Ella sería algún día doña Amalia.

—Ni llegaron ni sé dónde están, pero el que no esté a las tres en la puerta, no entra —dijo Amalia.

—¡Con lo rápido que fue el mayor para salir, eh! —soltó Parrochas. El brillo de los grandes momentos en su mirada, el chiste recurrente.

—Vicenta, *filla*, no es momento —dijo Acueductos.

—Ah, ¿que hay momento? —dijo Amalia, aguantando la compostura. No estaba borracha como ellas, y estaba acostumbrada, y su hijo además hacía tiempo que había ganado la partida. ¿Había merecido la pena tener a Chami? Que se lo preguntasen a la afición.

—*Falan os vermuses* —se excusó Parrochas. Pero volvió a la carga—. Lo importante es que todas hicimos a nuestros hijos con amor.

—Eso es —Amalia sabía por donde iba. Cogió su botellín de cerveza y se echó otro culo en el vaso. También las demás empezaron a hablar todas al mismo tiempo, incómodas.

Amalia tenía ya callo. Llevaba casi medio siglo patinando sobre hielo en el que se veía pero no se tocaba su historia, tan llena de difusos pecados originales. Es más fácil sobrevivir en un pueblo que vivir en él, y menos dañino. Ella había sobrevivido entre un ruido sordo que a veces, por cosas como la que acababa de ocurrir, que eran cosas del alcohol, asomaba un poco. Nada le costaba imaginar que cuando era la ausente en las reuniones de amigas se había hablado mucho de ella, a voz viva. Luego llegaron las televisiones y los periódicos, cuando Chami debutó en Primera, y todo se blanqueó de repente. «A veces pasan estas cosas». «Fue una distracción». «Lo importante es que quisimos seguir adelante y tuvimos el apoyo de la familia y del pueblo», decía ella. «La apoyamos, claro que sí. Él además es un chico encantador, callado pero muy aplicado en el trabajo», decía el pueblo.

—¿Y sabéis de los rapaces esos desaparecidos? —Amalia cambió el tema. Era especialista en eso, por la cuenta que le traía.

—No son del pueblo. Parece que ya escaparon en verano —dijo María Acueductos—. Son de una familia de Madrid que tienen casa en el barrio de la Florida, y vienen los veranos, las Navidades y las Semanas Santas.

—Los chicos —dijo doña Plausina— se apuntaron en la carrera y los padres estuvieron esperándolos en la meta hasta que allí no quedó nadie. Tardaron en denunciar la desaparición porque resulta que los críos estaban un poco gordos.

Denunciar una desaparición en una carrera puede ser muy humillante para los últimos en llegar. Amalia aguantó la risa: doña Plausina, tan serena, podía llegar a ser diabólica. La Parrochas, que iba borracha (se agarraba una patillita de pelo y la enredaba entre los dedos, presagio de melopea dura), estaba para los hijos de los demás y también para los suyos:

—Los míos están abajo desde hace una hora ya, se juntaron en la de Pementos. Van a venir a comer haciendo piruetas.

María Acueductos miró a la Parrochas con un desprecio que le subía desde una zona próxima al coño, los alrededores del coño, antes de desparramarlo por el resto del cuerpo hasta llegar a la cara, exteriorizándolo.

—¿Piruetas, Vicenta, como aquel avión?

La hija de la Parrochas, Saray, se había enamorado a finales de los noventa de un chico de Corcubión que, por jugar bien al baloncesto, había conseguido una beca para estudiar en Nueva Jersey. El chico se mudó entonces a un pueblito al lado de Nueva York y murió en un accidente de tráfico el 11 de septiembre de 2001, segundos antes de que el primer avión se estrellase contra una de las Torres Gemelas. Llevaba tres días en el país. Marcelino San Amaro, marido de Vicenta, intentó pleitear contra el Gobierno de los Estados Unidos para demostrar que el chico era una víctima más del 11-S, porque se había distraído al volante observando el rumbo del avión. Sostenía su versión porque, en ese momento, el joven iba hablando por teléfono con Saray y le dijo: «Debe de haber un ejercicio de piruetas», junto antes de saltarse un semáforo y que se lo llevara por delante un tráiler. Ella se pasó años llorando por el pueblo, contando aquella historia y repitiendo la ridícula última frase de su novio con una solemnidad que cualquiera habría dicho que murió gritando «más luz». Entre el grupo de amigas se había quedado lo de las «piruetas» de un avión comercial a punto de estrellarse contra una torre gemela.

A Marcelino el chico se la traía sin cuidado, pero pelear contra George Bush mientras Bush buscaba a Osama Bin Laden le hacía sentirse en la pomada. Señalaba a Bush cuando salía en el telediario como si fuese su adversario. «No es momento —le decían todos—, no es momento». «Está la cosa mala, Marce, lo mismo te encapuchan y te mandan a Guantánamo». En secreto, soñaba con una macrodemanda de «los otros muertos del 11-S», hasta que la familia del novio de su hija, visto que no había nada por rascar, le pidió que dejase ya de usar su nombre. Temían verlo aparecer con tomos de papeles y archivos secretos en un magacín televisivo de la mañana. Habían perdido un hijo pero se resistían a perder la dignidad.

Marcelino San Amaro conocía los engranajes más oscuros de la burocracia, y siempre andaba lidiando con las instituciones para esto o aquello. Su pasión, una obsesión devoradora, era la gestión con la administración pública. A veces cambiaba la titularidad de unas fincas rústicas que había heredado solo por placer, como quien hace flexiones. Iba de una ventanilla a otra enviando correos postales, compulsando copias, estudiando el reglamento. Pedía subvenciones, abría y cerraba negocios, gestionaba bajas, escudriñaba las leyes, era recibido por interventores, tesoreros, directores de oficina de banco. Podía hacer una declaración de la renta con los ojos cerrados. Si había que repatriar restos del extranjero, ahí estaba él para arreglarlo con el país que fuera. Una semana que estaba aburrido, con varios procedimientos parados, decidió cambiarse el nombre. Paco, del Gran Suqui, que aún no lo conocía mucho, le dijo: «Pero Marce, eso es un cristo de muy señor mío, te piden mil cosas. Muy complicado te lo veo». Marcelino San Amaro no necesitó más. A los cuatro meses se llamaba Marcelino Alexandre San Amaro. Puso a uno del pueblo a escribir cartas como si fuese su madre llamándole con su nuevo nombre para demostrar que le llamaban así de pequeño; las mojaba luego en té para envejecerlas y algunas incluso las quemó por los bordes en plan mapa de la isla del tesoro porque era hombre de venirse muy arriba. «Vicenta —había dicho doña Plausina—, tu marido es maricón».

Echaron aquellas mujeres media hora contándose las novedades de los hijos, desafiando el frío con enormes abrigos y trasegando tercios y vermús. Fumaban como futbolistas retirados. Tenían, todas, las piernas reventadas y los brazos llenos de quemaduras del aceite puesto a hervir durante años en cocinas pequeñas. Aspiraban el olor fuerte de las mimosas que florecían en invierno, frágiles y escandalosas.

—Piruetas... —suspiró Amalia. Y rompieron todas a reír, también la Parrochas.

—Mi pobriño —dijo Vicenta—. Fue a morir en carretera pudiéndolo matar Bin Laden.

—*Sete horas de avión e non lle tocou a el.* Mala suerte *tamién*, muchacho.

Rieron borrachas y despreocupadas, el alma vieja y fuerte, mientras hacían las cuentas para pagar.

—Mira que andas peneque, Parrochas. Aún va a ir tu hija a Gaza y morirse de gripe A.

12

Chami Palmeira intentó recordar la última vez que había oído reír a su hermano. De pequeño, Mon reía mucho. Quizá había gastado toda aquella risa que tenía. Reía con la garganta, haciendo un ruido muy desagradable, como de jabalí espantado. Eso trajo consecuencias desastrosas, porque de alguna manera todos en casa se propusieron que no se divirtiese demasiado.

Chami se había preguntado en varias ocasiones cómo habría sido él de haber crecido con una risa molesta, de haber sido él ese niño al que no hacer reír bajo ningún concepto. Pero él reía mucho y bien, la suya era una risa que la gente apreciaba, o eso le había parecido siempre. A Chami daban ganas de hacerle reír, de convertirlo en alguien feliz. A Mon no; Mon, cuanto menos riese, mejor para todos.

Chami intentó una y otra vez recordar la última vez que había oído reír a su hermano pequeño, pero no fue capaz. Quizá había ocurrido hacía mucho y nadie se había dado cuenta. Mon, sin embargo, quizá llevaba muchos años sin reír. La idea desesperó a Chami. ¿Dónde estaba él cuando su hermano no reía? ¿A partir de cuánto tiempo sin reír se acerca un ser humano a la muerte?

Chami también recordó la última risa de Pastora, si bien ella siempre se estaba riendo de él. Pero era una risa limpia y alegre, que le brotaba del rencor, y desde luego la hacía feliz. Hay gente a la que el rencor la convierte en buena persona. El rencor de Pastora —contra el mundo, contra los ricos, contra los pobres por no rebelarse, contra su familia, sobre todo contra Chami— era una hoguera que la iluminaba y dejaba un rastro bello de aura sagrada. Era un rencor íntimo y sordo que funcionaba como funciona el aparato digestivo: la alimentaba; y lo que no, lo expulsaba a solas.

A Chami no le importaba aquello. Había días que sentía que estaba tan enamorado de ella que habría hecho todo lo que le hubiese pedido (Pastora le pedía de todo, todos los días: era inútil ser uno mismo con ella al lado), y otros días dudaba: salir con ella era, básicamente, sacrificar lo que era él. Pero claro: ¿qué era él?, ¿le gustaba lo que era?, ¿no habría sido mejor ser lo que Pastora demandaba?

Le dio una punzada de tristeza y escribió un mensaje que dejó en el móvil sin enviar: «Mi vida no está completa cuando estoy sin ti. Aunque sea feliz, nunca soy completamente feliz. Pero si estoy sin ti y estoy triste por cualquier cosa, sí estoy completamente triste».

Chami soltó el móvil y oyó cómo aparcaba cerca un coche, y después unos pasos que se dirigieron al bar y que, pasados unos diez minutos, se encaminaron hacia él. En ese momento estaba leyendo una entrevista antigua de Pastora.

Pastora era una mujer guapa, de las que llaman la atención. Chami echaba de menos sus ideas, la manera de expresarlas, el lenguaje y la convicción que ponía en las palabras para explicarse. Eso era estar enamorado. Pero ¿echaba de menos eso? Intentaba no engañarse a sí mismo, pero era difícil. Su vida adulta había consistido en una permanente guerra por evitar engañarse y considerarse buena persona, o al menos una persona aceptable; creía, de hecho, que solo por enfrentarse a esa lucha ya lo era. ¿Quién mandaba en los deseos y las emociones? Esa duda daba espacio al consuelo de sentirse a disgusto con ellos. Disgusto aparente, al menos: disgusto incluso público, como cuando lamentas que un amigo tuyo, al que quieres con toda el alma, no haya conseguido una plaza de funcionario mejor que la tuya. «La merecías», le dices, y tratas de empatizar con él como un tumor empatiza con su órgano preferido.

—Chamito —oyó una voz familiar que se asomaba a la pantalla de su móvil—. Las mujeres guapas cuestan salud o dinero. Pero las muy guapas, esas de las que te cuelgas para entrar en los restaurantes y que te miren los hombres, te cuestan las dos cosas.

—Pero yo no estaba enamorado de Pastora por eso —mintió.

Desde luego que era por eso. Le gustaba todo lo demás, pero era por eso. Aquella belleza era suya, no era de nadie más, y él estaba enamorado de esa sensación. Estaba enamorado del poder que tenía. El suyo. Dejó de engañarse unos segundos para al fin reconocérselo; sintió una impresionante liberación, y también algo de vértigo. Luego dejó de pensarlo. Total, ya lo pensaban los demás por él.

—Los heterosexuales que solo salís con chicas muy guapas sois, en el fondo, pero no tan en el fondo como pensáis, maricones perdidos. Queréis impresionar a los tíos, queréis que se fijen en vosotros los hombres —Nano traía dos cervezas y le ofreció una.

—Vale, lo que tú digas. —Chami no podía hablar ahora de eso. Tampoco le interesaba. Su sexualidad, su orientación sexual, la orientación sexual de cualquiera, era un asunto sobre el que le aburría teorizar. Era, de hecho, un asunto demasiado teorizado. Se apretó el abrigo contra las costillas sin carne. Qué le importaba eso a Nano. Había temas más apremiantes aquella mañana.

Nano se quedó en silencio. Se conocían tan bien que de repente le dio pereza decir algo. Ya estaba dicho todo desde el instituto, por lo menos.

—Está la peña loca con los dos críos —dijo.

—No me extraña.

—Y el pueblo se está petando de periodistas. Cámaras por todas partes. No puedes hacer la colada sin que te saquen en el telediario.

—Pero tú cuándo hiciste la colada, desgraciado.

Nano estaba inquieto. Algo le estaba removiendo por dentro, y no eran los niños. Chami se preparó para lo peor.

—Fui al baño antes de coger las cervezas. Me cogió frío en la barriga —dijo por fin, y tomó aire—. ¿No te parece a ti que, cuanto más mayores nos vamos haciendo, más se queda pegada la mierda al váter? Yo antes llegaba, tiraba de la cisterna y ya, a veces no tenía ni que limpiarme. Ahora paso más tiempo dándole a la escobilla que sentado.

Chami le dio a aquello, para su sorpresa, una larga y sincera pensada. Eso ya le interesaba más.

—No, no lo había pensado, pero puede ser verdad, sí. —Chami se vio a sí mismo, en los últimos tiempos, teniendo que frotar agachado, no bastaba el agua de la cisterna. Creyó que era un problema de la presión, pero no: se ve que la suya era caca de viejo, mierda pegadiza. Recordó una fiesta en casa de los Estévez, unos señores muy finos y respetables, en la que casi tuvo que abrir la puerta y pedir una espátula.

El sol les daba de frente. A Chami el sol tan grande y descubierto cuando hacía tanto frío le recordaba a su madre. Nano preguntó algo que seguro, pensó Chami, no quería preguntar.

—¿Entonces no sabes nada de Mon?

—No —dijo Chami—. Gracias por venir a buscarme, por cierto. Mi hermano estaba sobrio, así que habrá que ponerse en lo peor, o por lo menos en algo raro.

—¿Y qué haces aquí?

Chami apuntó con la cabeza la costa de enfrente.

—Miro a mi madre de lejos, a ver cómo respira.

—¿Y cómo respira?

—Como siempre, da gusto verla. Ha hecho menú para medio pueblo, le ha servido a mi padre doscientos vermús y estará ahora —Chami miró su reloj— con sus amigas despellejando a todo el mundo, mirando el móvil todo el rato porque no sabe nada de nosotros.

—¿Qué vas a decirle de Mon?

—Ni puta idea. A esta gente no puedes pedirle que deje de beber, porque entonces ya no sabes dónde buscarlos. Y está todo Dios buscando a los dos niños esos, tampoco es el día de preocuparse mucho por él, a ver si le va a parecer mal a alguien.

—*Tenemos también con nosotros a Chami Palmeira, ni más ni menos, que es del mismo pueblo donde desaparecieron dos niños hace ya más de veinticuatro horas.*

—*Sí, bueno, tampoco apareció en casa esta noche mi hermano el alcohólico y no andamos histéricos haciendo batidas.*

Chami miró el teléfono de su hermano. Tenía de fondo de pantalla una foto del niño. Recordó que su sobrino, cuando era más pequeño, gritaba sentado en la taza: «¡Ya está!», y se turnaban para limpiarlo. Un día se quedó solo con su abuela y ella tuvo que salir de casa unos minutos para recoger unas verduras. Cuando volvió y pasó por delante del aseo, Amalia sintió un olor extraño. Entró. No era un olor tan extraño: había cagado, pero el váter estaba limpio. Cuando fue a buscar al niño a su cuarto y le bajó el pantaloncito, le encontró el culo también perfecto. En realidad, pensó Chami, todos los niños hacen eso. Hay unos meses, a veces años, en los que ya saben limpiarse el culo pero prefieren que se lo limpien otros. Y nunca serán tan adultos como en ese momento.

13

Hubo una pequeña crisis al pagar la cuenta en el Hotel Hotel. Cuándo no la hay. Amalia ya contaba con eso y de hecho estuvo en tensión toda la charla, con las orejillas de liebre en punta, barruntándose la jugada que le querían hacer y cómo tratar de evitarla. Siempre la misma historia. Había llegado más tarde y, al momento de levantarse, las demás quisieron dividir la cuenta entre todas sin atender a que ella apenas había tomado un quinto de cerveza, y dejado otro por la mitad. No iba a pagar lo mismo que la Parrochas, que ya hablaba como si tuviese un sifón metido en la boca. Así que nada más llegar la nota, Amalia se apresuró a cogerla para dejar caer ruidosamente tres euros encima del platito: quien no se enteró fue porque no quiso. Supo, sin embargo, quién iba a levantar la voz enseguida, la desgraciada de Felicidad.

—No empecemos con qué tomó cada una, que nos dan las campanadas.

A doña Plausina le pareció justo el movimiento de Amalia, pero cambió de parecer cuando supo que Feli, bebedora lenta, había tomado solo dos vermús «poco cargados» (Amalia se preguntó cómo se cargaban los vermús).

—Amaliña, dividimos todo porque aquí ninguna estudió matemáticas y esto va a ser un sindiós —dijo.

—Espera que aún vamos a ponernos a hacer fracciones.

Amalia aceptó a regañadientes: de pronto quiso irse para casa lo más rápido posible. Dosificaba a sus amigas con más cuidado y concentración de lo que habría dosificado un veneno.

Lo que había escuchado toda la vida solo lo sabía ella; lo que se había creído y lo que no también lo sabía ella. Cuando era muy pequeño, Amalia le repetía a Chami: «Tú eres mi hijo, no eres ningún secreto». Pero una familia sin secretos es una secta. Lo que pasa es que hay familias que llevan años empapadas en gasolina bailando sobre un lecho de plásticos y papeles viejos sin que nadie, por pudor o por piedad, se anime a tirarles una cerilla encendida. Y si alguien se animase, habría algunas en las que el padre, abstraído, diría al ver la cerilla acercarse que el chaval ya no fuma mientras ese mismo chaval saca disimuladamente una chusta del bolsillo, el hijo mayor murmura «qué asco» y la madre, ya ardiendo —las madres siempre arden antes— dedica su último pensamiento a las cenizas de todos, también las suyas propias, sabiendo que le tocará barrerlas. Hay familias, en definitiva, que no descansan ni en llamas; y suelen ser las que más hacen por aparentar felicidad y armonía, tan bien y con tanta persistencia que consiguen ser armónicas y felices el tiempo suficiente como para creer que una cerilla volando por el aire los va a encender como una vela y no como una pira. Y dentro de ese grupo hay un subgénero de familias que no encuentran a nadie que por pudor o por piedad les tire nada, ni reparan en el olor a gasolina de sus ropas o en el lecho de plástico de juguetes abandonados y papeles viejos de los antepasados sobre los que bailan, y se acercan lo suficiente a ellas como para acabar engullidas por su fenomenal centro de gravedad, por su extraordinario poder de absorción.

Al salir a la calle, el frío la paralizó un segundo, instante que aprovecharon todas para despedirse de ella entre besos y achuchones. Notó especialmente cómo la apretujaba, vencedora, Feli: los amigos que te ganan algún roce, si son amigos de verdad, se sienten después un poco mal y exageran los afectos. Marcharon todas casi a la carrera, alocadas y contentas calle abajo como en una película de reencuentros. Se había hecho tarde.

Desde el Hotel Hotel, su casa ofrecía una vista orgullosa: una construcción de piedra gris, una planta con buhardilla. La azotea, cerrada por una barandilla de hierro oxidado, dejaba ver a veces sábanas ondeando como banderas rendidas y ropas de toda la familia salvo la interior, que siempre ponía a secar dentro para no hacer escándalo. Un balconcito sobresalía en la puerta, cubierto de musgo en las esquinas y asediado por los rosales que trepaban desde el suelo hasta la cornisa, rosales viejos, salvajes, con espinas como garras y flores enormes, hinchadas de agua y viento. El portón de entrada era de madera oscura, remachado, y en las jambas crecían líquenes. Por las noches, una farola proyectaba su sombra contra la pared.

Amalia cruzó la carretera a paso ligero, ya casi no había tráfico. ¡Cuánto había costado levantar aquella casa, y cuánto mantenerla en pie! Pensó en su madre, la Rebella, una mujer conspicua y protectora, flaca de esqueleto, ojos negros y saltones, siempre con una bata de cocina azul estampada que era prácticamente histórica en el pueblo. Aquella bata envejeció mejor que ella; era una bata llena de lamparones de grasa que se movía pesada por las alacenas, por el patio, por el garaje al que luego se llevaron los hornillos para que no oliese la casa en las freiduras más aceitosas. Cuando murió, Chami dijo que aquella bata deberían haberla colgado del techo del salón de plenos del ayuntamiento, como las camisetas legendarias de los equipos de baloncesto. Amalia recordaba hasta el día en que su madre la había comprado en el mercadillo del muelle. Allí siempre hacían las dos la ruta de la ropa interior de mujer, de las zapatillas deportivas, de las pulseras de cuero, de los relojes-calculadora y de los vaqueros de chico. Los vaqueros eran todos falsificados, y costaba mucho trabajo de Dios encontrar unos que no lo pareciesen: un día le compraron a Chami unos Levi's de pana negra etiqueta naranja tan falsos, tan horriblemente falsos, que el profesor de ética del niño casi lo echa de clase al verlos. Y un mediodía la Rebella, la abuela chupada en carnes de Chami y Mon Palmeira, volvió del mercadillo con aquella bata de cocina que no se volvió a sacar hasta la abdicación de Juan Carlos I, cuando dijo que ya todo daba igual.

Amalia pensaba poco en su madre y en general en las cosas de atrás porque, decía, lo que pasó pasó. Pero a veces se le colaba el recuerdo de ellos, de la familia que ya no tenía. Sus padres levantaron aquella casa, la gestionaron con estruendo y ahora le tocaba a ella gobernarla, dimitido su hermano Florencio por pleitos con el alcohol y la pendencia, y alejada

Maribel por tratos obvios con el diablo. Amalia se encargaba de podar y regar las plantas, de fregar los suelos, de encargar la limpieza de los tejados y de llenar el congelador con el cerdo que aún mataban cada año sus primos de la aldea. Hacía todo aquello que hacía su madre, cuidar de la casa y de la familia las veinticuatro horas, pendiente de sus ropas, de sus necesidades, de sus comidas, de sus labores, de sus amigos y de la conveniencia de sus ligues; de que sus cabezas estuviesen en el sitio. Eso era así y nadie podía cambiarlo, y Amalia tampoco quería cambiarlo. Se lo repetía mucho a sí misma. Era señora sabia y espabilada, y sabía que ciertas cosas convenía no tocarlas para que el mundo no se alterase mucho. Y cuando decía «mundo», quería decir «los hombres».

14

Chami se levantó del banco de Agrelo y sugirió a Nano tomar otra cerveza en el asador.

—¿Tú te acuerdas de la risa de Mon?

Nano fingió no oírle. Había un problema de cojones con aquello, pensó Chami. No recordar la risa de su hermano le parecía mucho más grave, con diferencia, que no saber dónde estaba.

—Mira... —Nano se sentó en una silla de la terraza del asador. Chami lo miró con atención. No solo era su mejor amigo: también era camarero. Su palabra estaba por encima de la de cualquiera, también de la de un juez—. Tu hermano no es alcohólico. Tu hermano lo que tiene es depresión. Es un tío triste. Lo veo por ahí de vez en cuando. Camina todo el rato, ya lo sabes. Se pone los cascos y camina cinco..., ¿seis horas? Forrest Gump al menos corría. Yo me lo cruzo a veces por caminos perdidos del monte. Mi teoría es que camina para no beber, y como bebe para no estar triste, al final es todo peor. Y yo no sé cómo era la risa de tu hermano, no le vi reír en la puta vida.

—¿Qué haces tú por caminos del monte? —Chami estaba descubriendo cosas de Nano que no sabía cómo procesar. Pensó por un segundo que estaba aprovechando la confusión y el desorden de aquel día para informarle de que hacía cruising los fines de semana y que, al volver, se ponía con la colada.

—La gente que está muy triste se mete en cama por las noches y se pregunta qué ha hecho con su día, y qué ha hecho con su vida. ¿Cuál es la solución? No meterse en cama por las noches.

Chami desconectó. A mitad de conversación se preguntó si Nano tendría algo de eme o de coca encima. Llevaba semanas sin consumir, pero no quería hacer de eso un motivo de orgullo. Simplemente no se había dado la ocasión, tampoco la había buscado.

—¿Tienes?

—En casa. Si quieres pasamos al llegar.

Una cosa que admiraba Chami de los yonquis era su capacidad para reducir al mínimo el vocabulario. Hay quinientas palabras para referirse a las drogas, pero los drogadictos de verdad no usan ninguna. Si al verbo no le acompañaba el sustantivo, ya sabían lo que era. Un «¿tienes?» no puede referirse a «un catarro», «cigarros», «bombones» o «dinero». «¿Tienes?» es tienes, «¿vas?» es vas, «dámelo» es dámelo, «¿quién tiene?» es quién tiene, «¿queda?» es queda. El de la droga es el mundo del sobreentendido. Su padre hubiera sido un extraordinario drogadicto.

Chami miró la hora y luego echó la mirada triste muy atrás, a una zona sensible del calendario. A un verano de 1990 en casa de la tía Maribel y del tío Eladio. Eladio era de Bueu y tenía un apartamento muy cerca de allí. Una familia corriente, la familia sobre la que se levantó la década española de los ochenta. Su tío tenía un buen empleo en la lonja y Maribel era mariscadora. Tenían dos hijos: Eladito y Belén. Pasaban allí, todos apretados en aquel apartamento que hacía esquina con la carretera general, los primeros quince días de julio. Los fines de semana les compraban helados de Miko después de comer, y los domingos por la noche iban a la hamburguesería del puerto a cenar perritos calientes. Pasaban las tardes pescando lorchos por las rocas y, si hacía un poco de oleaje, se turnaban una colchoneta azul que les había regalado Maribel. Aquel verano se celebró el Mundial de fútbol de Italia, y Rubén Sosa, un delantero uruguayo, mandó un penalti contra España a las nubes. Chami vio aquel partido en la tele pequeña que el tío Eladio tenía en el salón, eran los dos únicos interesados en el Mundial.

Un día del verano siempre iban de visita las amigas de su madre a comer y pasar la tarde en la playa, tiradas en toallas y sillas, bebiendo quintos de cerveza y fumando hasta que anochecía. Chami tenía entonces doce años, su madre veintiséis. Las amigas de Amalia llegaban en el autobús desde Sanxenxo y se pasaban horas poniéndose al día (siempre usaban esa expresión, «ponerse al día»). El día de la visita de aquel verano, Chami se hizo el rezagado con la excusa de algún partido del Mundial, se fue a su cuarto y dejó la puerta entreabierta. Con una rendija mínima que le permitía ver lo que ocurría en la cocina, donde las mujeres cruzaban y descruzaban las piernas en bikini mientras fumaban, acercó la cara allí y se masturbó por primera vez. Aquello le excitó tanto que dejó pasar un rato y volvió a hacerlo. Y si bien la primera vez consiguió distinguir las piernas de cada una, en la sucesiva —quizá por el sofoco o el caos y la desorganización que siempre se produce en la segunda paja— no reparó en ello, sino que se fijó en las carnes morenas y jóvenes y desnudas de todas las piernas, dándole directamente igual si algunas eran las de su madre, aunque deseando que no fueran las últimas que viese antes del orgasmo.

Que aquello ocurriera allí, en ese apartamento de verano, no fue casualidad: días antes Chami había encontrado encima de un armario varias revistas eróticas —que supuso que guardaba su tío Eladio— y las hojeó nervioso y excitado, sin saber qué hacer con tanta carne por todas partes y aquella tremenda calentura. Esa misma intuición que le llevó a tocarse le hizo pensar que si, en lugar de modelos quietas y desnudas en las páginas de unas revistas bastante usadas, esperaba a las amigas de sus madres y las emboscaba oculto desde algún lugar, todo aquello sería más especial. Aquella escena, la de piernas jóvenes y morenas sin propietarias, solo piernas cruzándose y descruzándose entre la humareda del tabaco negro, se convirtió para siempre en la gran imagen icónica de su sexualidad; el lugar al que regresar si tenía prisa por excitarse o correrse; el sitio acogedor en el que volvía a ser un niño con todas las posibilidades abiertas, las más sanas y esplendorosas; el camino de vuelta de un sexo estropeado por perversiones, vicios tóxicos y abundancia lujuriosa que lo había llevado, erosionándose con el tiempo, a dejar de excitarse con lo convencional y a conseguir hacerlo solo con aquello tan sórdido que, después del orgasmo o de las drogas, le producía un asco imposible de asumir. Aquella ruleta rusa de piernas dulces de veinteañeras eran hoy piernas reventadas por el trabajo en fincas, mercados de abastos y casas a veces ajenas, repletas de cicatrices, infladas por retenciones de líquidos y también por la vida, que sopla entre las carnes a través de una grieta secreta que tarda en encontrar unos cuarenta años. Pero, a pesar de eso, Chami había conseguido salvaguardar las piernas jóvenes como paraíso perdido en el que reencontrarse; paradójicamente, esas otras piernas de las mismas mujeres, las piernas cansadas y viejas de quien trabaja el sol respecto a quien lo toma, también le ponían y bastante si encontraba el momento, si él ensuciaba más allá de lo prudente la cabeza y el cuerpo.

Recordó entonces que años después, cuando su hermano empezó a descubrir el sexo, Chami le había contado que el tío Eladio guardaba revistas eróticas encima del armario. Mon soltó una carcajada y él abrió mucho los ojos. Sí, la risa de Mon, una risa estridente y desapacible pero que en aquel momento le llenó el corazón de amor. Chami sintió su cuerpo grávido y en paz, se reconcilió consigo mismo por ser capaz de recordar la risa de su hermano (¿qué monstruo no recuerda la risa de su hermano?) y solo entonces ya estuvo mentalmente preparado para asumir que daba igual dónde estuviera, ya volvería. Si sabía reír, sabría encontrar el camino de vuelta a casa.

Llegaron al pueblo, calcularon que podrían tomar la última con el resto del grupo antes de subir a comer. Chami no se había olvidado de que en casa de Nano había droga, y él tampoco; pero aunque habían pactado pasar por allí, ninguno de los dos quiso recordarlo por algo parecido a la vergüenza. A ciertas edades cuidaban algunas actitudes, incluso dentro de aquella vasta intimidad que los unía.

Chami bajó la ventanilla del coche de Nano para que entrase el aire helado. Quería aquel pueblo. Su hermano había escrito sobre él con belleza en algunas de sus cartas. En su imaginación se habían quedado las imágenes de un puñado de otoños solitarios entre piñoneros y olas rompiendo en pedazos un crepúsculo, a la hora en que su abuelo volvía de la pesca con un capacho lleno de sardinas. Él lo acompañaba corriendo a su lado, callado y dichoso y descalzo. También recordó a los primeros turistas con fanequeras arrancando lapas de entre las rocas bajo la luz del mediodía, y las fotos en color de amigos espontáneos con los que compartía la playa y los juegos de sus primeros veranos. La única tierra en la que podía asegurar que había sido feliz sin pensar en el después ya solo existía en su imaginación, en un vago rincón de una memoria maltratada, y era una tierra inalcanzable que no volvería a pisar nunca, porque tendría que volver a tener seis años para sentirla como propia.

Esa zona clara y luminosa de su biografía todavía emergía al convocarla, al pincharla con un palo como a un pez. Sintió deseos de volver a querer a alguien, o de no cometer errores. De no haber dicho aquella frase tan estúpida durante tantos años, «solo me arrepiento de lo que no hago», y de haber dejado discurrir la vida como un río caudaloso de cauce seguro que poder remontar cuando uno quiere.

Se descubrió a sí mismo, como quien descubre a un suplantador travieso, escribiendo por Instagram a quien poco antes había imaginado denunciándolo en comisaría. Ya estaba todo bien: se había reconciliado con su destino, fuese cual fuese. Sara Sarriaga, pese a su juventud, podría convertirse en la chica de la que se enamorase para olvidar a Pastora.

Metería las manos en aquellas aguas oscuras, se dejaría acariciar por ellas, le contaría historias asombrosas que nunca le había contado a nadie. Fantaseó con casarse con ella. La buscó en Google incluso para saber a qué se dedicaba, mientras por el rabillo del ojo también miró si había sido condenada por denuncias falsas.

15

Amalia levantó la maceta que estaba en el ventanuco del baño y cogió de allí la llave de la casa. Tenía los fuegos y el marido al ralentí en la salita. Permaneció en silencio en la cocina, atenta a si había ruido en el fayado, pero no escuchó nada. Fue a la habitación de Moncito para decirle que ya había hablado con su padre y que estaba bien, que simplemente había pasado la noche en casa de unos amigos, pero encontró al niño dormido. No hacía falta mentirle de momento, y eso la alegró un poco: le daba algo de pena el niño, hijo de dos padres tan débiles. De las faltas humanas, a Amalia le irritaba especialmente la debilidad. La gente sin voluntad que doblaba rápido el brazo o la rodilla, que se ofendía muy rápido, que gastaba más fuerza en llorar que en levantarse. Le molestaba al punto de no tolerarlo, con un desprecio moral que alcanzaba a su propia familia, si bien de puertas adentro. Llevaba consigo una biografía lo suficientemente dura como para ser de otra forma, como para ser ella también débil con los débiles. De ninguna manera. Cariñosa y amable, claro que sí; pero no conformista o maleable o ingenua.

Se puso, de repente, a batir huevos para tener hechas unas tortillas francesas. Rompía los huevos contra el borde del tazón para luego revolverlos con un tenedor. Miró el calendario, luego el reloj.

Había sido una niña algo repipi, buena estudiante en el colegio, con chichos estúpidos en el pelo y moratones en las rodillas de caerse de los árboles. Le gustaba subirse a ellos para comer sus frutas, le gustaba descalzarse al entrar en los sitios, le gustaba dejarse el pelo rizo y enmarañado, brillante con el sol, encima de la cara pecosa y traviesa de niña en rebelión.

Un día la llamaron a la cocina, a esa misma cocina en la que ella ahora rompía los huevos. Amalia solo era una cría. Las amigas de su madre, unas señoras vestidas de negro que visitaban la casa una vez al año y siempre en Pascua, y que olían a torrijas y leche hervida con canela, le dijeron: «Amaliña, ¿a quién quieres más, a papá o a mamá?». Ella se echó al suelo a llorar, nerviosa, en parte porque le daban miedo aquellas mujeres del campo, con las caras llenas de pelos y las piernas gordas como carballos, casi todas viudas o con los maridos trabajando en Montevideo. «A mamá», dijo con la cara empapada de llantina, apretándole a mamá los tobillos. No debía de tener más de seis años. «¿Y quién quieres ser de mayor, mamá o papá?». «Papá», dijo ya muy seria. Su madre la levantó y la agitó en el aire, antes de apoyarla sobre sus piernas. «¡Muy bien, *miña* nena!». Las amigas rieron: «*¡É lista!*».

A su padre apenas lo veía y a su madre la veía todos los días. Eso significaba que su padre podía ser hasta Batman, pero su madre solo era su madre. Luego se enteró de que fuera de casa él fundaba asociaciones y clubes deportivos, trabajaba de concejal y peleaba por obras públicas; y, después de misa, Amalia veía cómo los vecinos lo saludaban con respeto, y los cariños y abrazos seguían ya en los bares del pueblo, adonde iban a tomar el vermú antes de subir a comer a casa. La niña veía aquello agarrada siempre a las canillas de su madre, con la nariz a la altura del dobladillo de la falda del domingo, que olía al suavizante Flor. Su madre apenas hablaba, pero lo escuchaba todo. Amalia, de adolescente, se empezó a fijar en cómo miraba la Rebella, cómo apuntaba sin moverse, cómo memorizaba las caras de los que saludaban a su marido con efusividad y luego pasaban de largo tras el breve saludo de cortesía, pues no era adecuado pararse mucho con la mujer de un hombre. Ella no decía nada, pero lo guardaba todo. Amalia aprendió ahí la forma de mirar sin pestañear y de no olvidar nunca una cara ni una conversación. No había que hablar, había que memorizar.

El padre de Amalia era un hombre de los que ocupaban sillas y su madre, de las que las limpiaban después. Había que ser su padre, había que querer a su madre. El Rebello salía cada mañana de casa y no volvía hasta la noche. En casa decían que se iba a «trabajar», y a Amalia el verbo le impresionaba; su madre, sin embargo, no «trabajaba». ¿Qué era eso de trabajar? A la niña le obsesionaba aquel misterio.

Con el tiempo, Amalia aprendió a hablar bajo y a recordar nombres y a identificar a los débiles, y lo hizo casi sin esfuerzo. Aprendió a ser buena para que no la juzgaran y también a ser lista para que no la dominaran. Aprendió a sonreír sin abrir la boca. A ponerse triste cuando convenía, aunque le costase. A ser leal por cálculo, no por amor, porque quien era leal por amor se exponía demasiado, dejaba muchas vértebras al aire y las vértebras, si te las crujían, te sentaban en una silla o te postraban en una cama. Quizá por eso, cuando la llamaban Amaliña en el pueblo, habiendo sido ya madre, le chirriaba. No por el diminutivo, que a fin de cuentas era afectuoso, sino por la ingenuidad que evocaba. Porque ella dejó de ser Amaliña el día que entendió que en esa casa lo importante no era el amor, sino la administración del amor. Lo que se daba y lo que se quitaba. Lo que se dejaba caer, como una propina. Pero a ella nadie iba a quererla por lástima. Nadie iba a protegerla como su madre la protegió ni como ella protegía a sus hijos. Nadie iba a quererla por instinto: a ella la iban a admirar. Y querrían estar en su lugar por algo importante, por algo valioso que ella habría hecho, porque nadie quiere estar en el lugar de alguien que hace lo que todo el mundo, por bueno que sea. La querrían no por bendita, sino por extraordinaria. No por cercana, sino por única. Y si eso no llegaba, al menos que la necesitaran. Eso sí que lo entendía: ser necesaria. Ser la única que sabía hacer las cosas bien. La única que aguantaba. La única que no se rompía o que no se daba el regalo de romperse.

Y esa necesidad, el peso de ese deber que nadie le había pedido y que ella se había tragado como un sacramento, era lo que la mantenía en pie incluso cuando estaba a punto de caer. Como ahora. El frío le subía por las piernas y sentía las sienes como un tambor. Amalia buscaba que la quisiesen no solo en su casa, sino en todo el pueblo, aunque no la admirasen, porque no había nada que admirar en lo que hacía: limpiar lo de otros y lo suyo, criar niños, estar pendiente de todos, tratar de hacer bien las cuentas cuando sus amigas bebían los vermús. Estaba otra vez en esas, pero no siempre había sido así.

A menudo se preguntaba por qué de pequeña quiso ser papá pero sin embargo hizo luego todo lo posible para ser mamá, más allá de que era lo que se esperaba de ella y de cualquiera. Y aunque no quería pensar en eso, la verdad no se le escapaba como sí se le escapaban otras verdades con su permiso. Que el día en que apretó un gatillo varias veces, muerta de risa, creyendo que la pistola era de juguete, sintió poder. El poder de verdad. Un poder que procedía del enorme ruido de la detonación, del momento en que uno de los chicos se desplomó («Esto sí es de verdad, esto no es un juego. Quizá nunca fue un juego, quizá el juego es siempre el principio de la verdad») y de la mirada de admiración —sí, admiración— del otro amigo. Y un poder que procedía también del momento en que Amalia, absorta en su propia ficción de niña de siete años, le disparó también a él. No podía saber lo que sentía porque las cosas todavía no tenían todas nombre, pero supo después, sin pretenderlo, que en aquellos segundos, quizás uno o dos, su poder fue ilimitado.

¿Había sido Chami, muchos años después, su pistola? ¿No la habían admirado a ella por seguir adelante con su embarazo y criar a un chico que se convirtió en estrella del fútbol?

Encendió la radio para escuchar el parte de los niños desaparecidos. Había amontonado en una fuente ocho tortillas francesas y a sus pies había cáscaras tiradas por todo el suelo de la cocina. No tenía ni idea de cómo habían llegado a parar allí, pero le ayudó a recordar por qué no convenía deambular por los propios pensamientos, especialmente los del pasado.

Debía de ser porque se acercaba su cumpleaños. ¿Iban a ser todos los cumpleaños iguales, ahora que era una vieja? Se animó pronto. Cogió la escoba y se puso a barrer. Pensó incluso en cantar, algo que hacía muy de vez en cuando, pero no quiso despertar al niño. Así que cantó por dentro, canturreó, como en los cuentos infantiles que leía de pequeña.

16

En el Bar Trasno ya solo quedaban unos pocos de la pandilla, al fondo del todo. Chami los miró con desprecio, recordando de pronto el reportaje que leyó en el avión. Tuvo que ser un universitario, esos son los peores, pensó. A la gente que no estudió se le acerca alguien con una libretita preguntándole por un amigo y el tipo acaba con la espiral de la libreta metida en la boca. Pero a un universitario, ¡ah!, a esos de repente se les encienden los estudios. Tantas palabras raras que pronunciar, tantas teorías que esbozar, tantas expresiones de mierda que no suelen decir porque no siempre se entienden. «*Auctoritas*», dijo alguno en la entrevista. Esa palabra era la huella. El día era largo. «Raro será que no se delate el autor repitiéndola en algún momento, para una palabra en latín que sabe», se dijo.

Avanzaron entre los vecinos, que los saludaban con el alborozo propio de los reencuentros navideños. La música estaba alta, las conversaciones se producían a volúmenes imposibles. Chami reparó en que a nadie le importaban en el bar —o en la borrachera— los dos críos desaparecidos. Pero hay algo en el alma de los bares, cuando se llega al grado de tensión correcto, que los hace impenetrables a los asuntos que ocurren más allá de la puerta.

—¿Sabes? —arrancó Chami acercándose al oído de Nano. Se notó de repente algo borracho—.

Voy a alargarme la polla. Estuve viendo clínicas, leí mucho en internet sobre eso. Hay que cortar un ligamento para soltar carne o algo así.

Nano asintió.

—Ten cuidado —dijo.

En mitad de la barra, tan alto que parecía estar colgado del techo como un ahorcado, Chami se encontró a Paquiño. Le dio el pésame. Paquiño estaba en su salsa; la gente se acercaba a hablar con él. Chami pensó que el mundo se fue a la mierda el primer día en que le pidieron una foto a un periodista. O ni siquiera eso, a un tertuliano. Él apenas prestaba atención a la actualidad. La sobreinformación que había soportado en los años que pasó con Pastora le había dejado exhausto. Ahora recibía las noticias que le daba su madre por teléfono cada día, así que dependía del algoritmo de una señora que daba más prioridad al cambio de un empleado de Cristalerías Tinso que a los misiles que pudiera estar tirando Rusia. Mejor así.

Chami tenía a Josito Pemento delante poniéndole una bebida de color extraño. Lo dejó hacer porque estaba absorto en el paisaje. Josito, dueño del bar Trasno, había perdido hacía veinte años a su hermana Aurora. Era la pequeña de la familia y murió por culpa de un gato. No uno suyo, ni siquiera uno del pueblo, lo que hubiera sido un raro consuelo. Se dijo que el gato lo había recogido alguien al verlo abandonado en una carretera, y al llegar a la lonja de Portonovo, el pueblo vecino, donde trabajaba pelando nécoras para ganarse un dinero con el que salir los sábados, lo dejó a su aire: «En la civilización ya te arreglas tú solo». Quizá considerar Portonovo civilización fue muy atrevido, aunque más civilización que su pueblo sí era: había lonja, más pescado, y una pandilla famosa de gatos que lideraba uno rechoncho y gris, de pelo muy limpio. Chami recordaba la historia un tanto ridícula, pero nunca había dicho nada, ni siquiera a sus amigos, por la conmoción que causó aquella muerte tan estúpida y repentina. A veces, pocas, hay que respetar. Y conocía a Aurora porque les había dado catequesis un año: era una chica generosa repleta de afectos sinceros, que son los que se hacen a espaldas del público. «No la mató el gato —pensó Chami—: la mató, como a tantos, ser demasiado buena persona».

Ese gato estuvo días merodeando por los contenedores del puerto. Al verlo una mañana temprano, cuando entraba a trabajar, Aurora quiso acercarse a acariciarlo. Por qué tuvo que agacharse a acariciar un gato que no tenía oficio ni beneficio solo ella lo sabría. En la pandilla de los mayores, que era la pandilla de Josito y Aurora, se llegó a una conclusión muy pensada: hay gente así. Aurora era «así». «Ella era así». «Ya la conoces, era así». «Qué se le va a hacer, era así». Tuvieron que decirles que pararan porque casi acaba la frase en la lápida.

Le mordió la mano, el gato. Al principio parecía una herida tonta, un rasguño sin importancia, pero se le infectó. Luego llegó la fiebre. Después, el delirio: un día anunció, empapada en cama y blanca como un espárrago, que llovían nécoras. Cuando la familia quiso darse cuenta, Aurora Pemento estaba ingresada en Montecelo con una sepsis y un brazo casi perdido. Murió en menos de una semana. El doctor no dio bien la noticia, según se quejaba Josito.

Delante de la familia empezó a perorar sobre gatos. «En la boca tienen bacterias muy agresivas que pueden causar infecciones graves si no se actúa bien y rápido», dijo. Cuando quiso remontar («Un ambiente húmedo y lleno de bacterias no es ideal si tienes una herida abierta; se agravó rápidamente: este tipo de infecciones pueden empeorar en muy pocos días si no se tratan adecuadamente») ya era tarde: Josito lo tenía cruzado. «Hablaba muy bien el doctor —resumió—, pero seguro que maullaba mejor».

Desde aquel día los gatos callejeros en lugar de siete vidas pasaron a tener media por obra y gracia de Josito Pemento. Y a él, cuando citaba a su hermana, se le constreñía la cara y se le rompía la voz. Intentaba citarla poco, pero a veces era inevitable y terminaba siempre con un sollozo infantil. Los interlocutores esperaban, claro, a que pasase el mal trago, alguno le ponía la mano en el brazo o en el hombro, pero Pemento, cuando se recomponía, se ponía a hacer otra cosa o a hablar de otro asunto. El recuerdo de su hermana no provocaba un bache en la narración: la clausuraba, ocurriese donde ocurriese. Costó acostumbrarse. Cuando la información era relevante o la historia era necesaria, la gente cruzaba los dedos porque en ella no tuviese un papel, siquiera marginal, su hermana Aurora. Porque se iba todo al carajo, no había manera de remontar, ya podía estar dándote la combinación de la caja fuerte. Aurora sería «así», pero a Pemento había que verlo.

De la vida pública de los bares, a Chami le interesaba el momento en que se empezaban a vaciar de una manera casi imperceptible, prácticamente un efecto óptico. Chami cogió el vaso con gesto de auténtico asco y levantó un Ballantine's que aún no entendía cuándo había pedido. Pemento era uno de esos hombres a los que, pasados los cincuenta y cinco, la juventud se les ha quedado corriendo entre las arrugas de la cara como un río de caudal pobre pero aún visible y triste. Nunca los habías imaginado viejos, y de repente había que lidiar con sus rostros de náufragos y sus ropas modernas en cuerpos que ya fueron. Las suyas no eran las emocionantes arrugas del sol del campo ni del sol del mar, esas que tenían los abuelos de Chami, sino arrugas que se formaban por una suerte de metástasis del tiempo en la piel.

Chami intentó pasar por detrás de Paquiño sin llamar su atención, pero sintió su mano de opinador en el hombro, pesada y grande como la de un simio.

—Paquiño.

—Chami. —Olía a cerveza de barril—. ¿Qué está pasando en tu casa? Sabes que siempre puedes contar conmigo.

Chami no lo oyó del todo, pero fingió hacerlo para seguir su camino. Paquiño lo impidió:

—¿Está todo bien? —le preguntó.

—¿Por qué?

—Por tu hermano. Se inventó un cuento en el tanatorio para irse conmigo de allí, y luego me contó que se iba unos días del pueblo.

Chami no entendía nada:

—¿Y te explicó por qué?

—Dijo algo de que las cosas estaban raras en casa.

Parecía cómodo, con esa alegría discreta que se produce cuando otras familias tienen problemas. Sintió deseos de defender hasta la muerte la suya, la apariencia de felicidad y unión de su familia, que al final en eso consistía todo: en la imagen de fortaleza que se da aunque dentro los muros se estén viniendo abajo.

—En mi casa las cosas están de puta madre —dijo Chami—. Nunca estuvieron mejor.

Y lo pensó de verdad.

17

La casa de los Rebello estaba decorada por Navidad con una entrega casi profesional. A menuda mujer había ido a buscar el espíritu navideño, a la señora Amalia Constenla en proceso de santificación. En la entrada, dos muñecos de Papá Noel de tamaño mediano, uno subido a una escalera y otro con una farola encendida, ya daban la bienvenida desde primeros de diciembre. En el salón, las guirnaldas bordeaban el marco de las puertas interiores como si fueran molduras de un teatro antiguo, y un árbol de plástico pero frondoso, de más de metro ochenta, ocupaba la esquina entre el ventanal y el sofá, cargado de bolas doradas, lazos rojos y luces que titilaban sin ritmo fijo para el resto del mundo. Debajo de él había paquetes vacíos envueltos con mimo, solo para hacer bulto (hubo que agarrar a Moncito, que los quiso abrir antes de Nochebuena). Encima de la chimenea eléctrica se alineaban figuritas de madera con renos, estrellas, abetos y un cartel que decía «Hogar, dulce hogar». En la cocina, una tira de luces de colores iba de un armario a otro como si fuese cuerda de tender; y sobre la mesa del comedor, un centro con piñas y velas rojas lo llenaba todo de olor a canela. En el baño, un rollo de papel higiénico con dibujos de duendes colgaba de una barra metálica cromada y algo torcida. Era todo un despropósito, pero Ramón no iba a decir nada.

En el pueblo, la decoración era más sobria: luces con forma de copo de nieve colgaban entre las farolas, y en la plaza del mercado se había montado un belén de figuras grandes, con san José sujetando un farol que alguien había robado ya dos veces. En las panaderías, los escaparates lucían guirnaldas de espumillón verde, y en la fachada del ayuntamiento un cartel luminoso decía «Bo Nadal» en letra cursiva, intermitente como el parpadeo de un televisor viejo. Por las calles olía a castañas, a mar y a brasero, y se escuchaban villancicos de fondo saliendo de algún altavoz municipal, desacompasados, como si llegaran desde otro tiempo. Era Navidad en el pueblo, con toda la mezcla de ternura, cansancio y rutina que traen las Navidades de siempre.

Dos hombres altos y uniformados y cargados de bolsas aparecieron de repente, como operarios fantasma, en la puerta de la cocina. Amalia reconoció a uno, había estudiado con Chami en el instituto. Era Samuel López, Lopito. Su padre vendía percebes por las casas.

—¿Y esto? —preguntó Amalia, con un cazo en la mano con el que iba a calentar leche.

—Los de las plagas. Llamé yo. —Ramón desde la salita, a donde se había llevado su silla de la cocina—. No me dejan oír la tele ya esas ratas.

—Porque la pones bajísima —contestó Amalia casi sin pensar—. Podéis iros.

—¿Estamos vacilando? —dijeron casi a la vez aquellos Hernández y Fernández de las ratas.

—*Ti*, Lopito —dijo Amalia, exultante de golpe—, *pasa e ponte un viño.* Y nos vendes unos percebes, ¿sigue tu padre de furtivo? El otro que marche, que aquí no cabemos más. Las ratas me las dejáis, no quiero productos químicos por casa estos días, a ver si nos vamos a envenenar.

La idea repentina de cocer unos percebes para su cumpleaños la entusiasmó. Había algo de felicidad incontrolable en hervir el agua y meter los bichos allí dentro. No era el placer de comerlas, ni siquiera de servirlas, eso llegaría después, sino ese instante previo en que se agitaban en el colador de alambre rascando con las patas. El agua hirviendo, el vapor espeso, el chirrido leve al sumergirse. Una pequeña ceremonia del control. Le asaltó un descontrol violento familiar. Pensó en ir al garaje a triturar carne de cerdo para hacerle por la noche una boloñesa al niño, pero ni de broma se iba a despegar de Lopito mientras Lopito tuviese el mono puesto.

—¿Comiste *logo*, Lopito? Te despiezo un animal, ¿quieres?

—Qué le vas a despiezar, Amalia, ¿una cabra?

—Lo que quiera comer, Ramón. ¿O te hago un pastel?

—Una rosca hazle, sí.

—Gracias, señora, no quiero nada. Comemos todos en un rato.

—¿Qué pasa con esos niños, Lopito, qué se dice? —preguntó Amalia y le pidió un cigarro. A Amalia le encantaba preguntar «qué se dice». Es una expresión mágica. Nadie puede callarse si se le interpela con un «qué se dice». Hay gente que puede llegar a confesar un delito antes que no contar nada.

—No paran de pasar helicópteros y está todo Dios histérico. Un pifostio de cuidado. Y no sé cuántas llamadas de pirados ha habido ya diciendo que los han visto hasta en Benicàssim.

—Querrán montar una banda de esas, Lopito. Para el atletismo esos niños está claro que no valen —dijo Amalia. Se propuso decir «Lopito» todas las veces que pudiese. Era un nombre fantástico; aunque empezaba a pensar que Lopito era como le llamaba Mon en el instituto, a saber si no estaría alucinando el muchacho.

A Lopito, concienciado con el drama, no le hizo gracia el chiste del atletismo. Al fondo, Ramón cabeceó mientras subía el volumen. Tenía cara de senador, reparó Amalia. Había hundido el mentón en el pecho, algo que solo hizo cuando su hijo mayor anunció que se iba de casa para firmar su primer contrato. Y estaba repitiendo las mismas palabras: «Que sea lo que Dios quiera».

Ramón imaginó que debía hacer un frío fuera de Dios bendito, porque el viento helado se colaba por la rendija de la puerta. No se iba a levantar esa vez a comprobarlo. Era «increíble» y punto. El niño estaba con el iPad, como siempre, pero se había acercado al salón como un perro solitario que necesita su algo de manada.

—Esa historia, escúchala —dijo Ramón señalando lo que estaba viendo Moncito.

—La estaba escuchando.

—La isla de San Borondón. Sabes que tu tío jugó un año en Canarias.

Pero los niños, cuando son muy pequeños, no se interesan nunca por el mundo que había antes de ellos. Creen que el universo se formó cuando nacieron, y así es, lo que pasa es que se les toma poco en serio.

La isla de San Borondón es y no es una isla canaria. Aparece y desaparece. La última vez que hubo una expedición para encontrarla fue en 2008. Un capitán salió a buscarla en una misión oficial. No encontró nada. Pero cada vez que alguien la ve, sale en el periódico. Y ahora viene lo más interesante de todo: no hay nada que buscar. La isla aparece y desaparece, pero no existe: es el reflejo de la isla de La Palma. Una ilusión óptica. La luz se refleja sobre el mar y hace ver un espejismo. ¿Sabes lo que es un espejismo? Las cosas que ves pero no están.

Ramón conocía la historia, y la conocía mejor. Había pasado media vida trabajando en una mesa de la oficina de Correos que estaba frente al puerto. En el Gran Sol había otra isla del estilo, de la que también se decía que era cosa de reflejos o de cansancio de la vista o de cabezas enfermas. Ramón sabía que uno de Cambados la había visto completa en la víspera de su muerte, así que esa isla podría ser un reflejo de lo que uno deja atrás o está por alcanzar. Algo que se deja ver justo antes de que todo cambie para siempre. Fue su último pensamiento antes de quedarse dormido sobre su silla.

Lopito salió con el encargo de los percebes y Amalia lo acompañó a la puerta. Mientras lo veía alejarse, oyó ruidos en la cocina y se metió corriendo en casa. Se encontró la fuente de las tortillas francesas vacía. Con una rapidez que desconocía que tuviese (una rapidez limpia y efectiva, de ladrón experto) desapareció, pasando delante de su marido casi sin tocar el suelo, por el fondo del pasillo.

18

Un tipo de esqueleto fino vestido de traje estaba en la barra del bar Trasno junto a la puerta revolviendo, con un dedo interminable, un agua con gas. El ambiente ya era lúgubre, como si fueran las dos de la mañana. Entre cajas de Estrella Galicia amontonadas sin criterio, sobrevivía en aquel bar una diana llena de polvo flanqueada por sillas cojas y taburetes con la polipiel rajada. El suelo era de terrazo gastado y en un rincón colgaba una televisión pequeña, sin volumen, que pasaba siempre reposiciones de Teledeporte; un día alguien juró haber visto a Sandra Myers. El bar, si uno aspiraba muy fuerte, olía a fregona humedecida con lejía, a callos recalentados y a un tipo de tristeza muy local.

—La cochambre, los chusmeros, la ralea —recitó Pemento para sí, asombrado por la hora.

Chispón, que trabajaba en la empresa de residuos sólidos urbanos del pueblo, discutía sobre la liga de veteranos con Santi, parado de larga duración y entrenador de futbito. Nano miraba Facebook en el móvil (Nano era el último vecino con cuenta en Facebook, y recibía un like, dos a veces, casi siempre de Ecuador, a las fotos que colgaba con una insistencia que raro habría sido que no hablase de él, merendando junto a su piscina en Palo Alto, el matrimonio Zuckerberg). Chami discutía con Pemento y, en un momento dado, olvidó de qué hablaba y se quedó en silencio con la mirada rota. Empezaba a dolerle la cabeza. Demasiadas cervezas, demasiadas preocupaciones y ahora ese Ballantine's, una bebida que no había pedido en su vida.

—¿Qué hago con esto en la copa, Pimientitos, si yo no bebo whisky?

—Te hizo gracia el nombre. Lo pediste como sonaba, además, y también me hizo gracia a mí.

Chami estaba oficialmente borracho. Miró a los lados, dichoso, casi extendiendo los brazos. Uno sabe que está borracho cuando le tiene que preguntar a alguien por lo que hizo cinco minutos antes, pensó. Había olvidado a su hermano, o al menos lo había arrinconado un momento, y había olvidado el reportaje monstruoso de aquella revista. Se miró de reojo en el cristal que estaba detrás de las botellas del bar. Los músculos de la cara un poco sueltos, los ojos casi achinados, al borde de tener la expresión torpe y burlona de las borracheras de mediodía: todo en su físico estaba a punto de algo, sin llegar del todo. ¿Llegar a qué? No lo sabía. Pero su cuerpo, un cuerpo que fue de élite, estaba cambiando, y con él su cara. Quizá tanto esfuerzo por concentrar la sangre en el pene había desabastecido al resto de órganos, provocando pequeños sismos físicos en distintas partes del cuerpo, incluida la cara. Se imaginó chupado hasta los huesos, blanco y sin vida, con el rostro huesudo pero con una polla de consideración: toda la sangre allí, redistribuida por causa de emergencia nacional.

Fue hacia Santi y le pidió droga. Por pedir. Ni siquiera le apetecía mucho. Pero pensó que le haría bien. No era momento de andarse con chiquitas: la pidió en voz alta, con determinación. Santi, que tenía cuerpo de obús, reaccionó con violencia, apartándolo de un manotazo en el pecho. Pemento salió de la barra y retiró a Chami de la escena, empujándolo contra unas cajas de cervezas. Chami se palpó la camisa, como recordó que hacían las víctimas después de una agresión, para comprobar que no se le habían movido los pezones de sitio. ¿Tan borracho estaba? Luego reparó en que quien hablaba con Santi ya no era Chispón, que había desaparecido del bar hacía rato, sino el tipo enjuto y trajeado del agua con gas, aún con el dedito húmedo.

—Es policía —le oyó susurrar a Pemento.

Chami tuvo delante las arrugas de su cara, a centímetros de la suya, y pudo ver entonces que el poético río de la juventud que se le adivinaba no era otra cosa que sudor: a Pemento se le encharcaba en los tremendos surcos de la cara y formaba un cauce propio.

Le pareció impresionante que en la calle aún fuese de día, a pesar de que en su móvil diesen las dos y media de la tarde (al sacarlo advirtió una notificación de Sara Sarriaga: ya la leería sobrio). Pemento le bloqueaba con el cuerpo, y Santi y el otro tipo miraban para él con aprensión sincera, como si esperasen a que reaccionara al manotazo. La verdad es que el señor tenía toda la pinta de policía. Y había mojado en el vaso el dedo índice, con el que se suponía que disparaba: como se le resbalase, aquello podía ser una carnicería.

¿Dónde estaba Nano? No podía haberse marchado: había dejado su bolsa de viaje en su coche y tenía que acercarlo a casa. Chami ahora no estaba para andar, poner un pie delante del otro le parecía un don, algo que Dios había regalado a unos pocos al nacer: a Leo Messi y cuatro más.

—Aquella moda de andar... —dijo.

Pemento lo miró como miraba en verano el grifo estropeado de cerveza, cuando no sabía si arreglarlo para seguir ganando dinero o dejarlo así para irse a casa. Chami era en ese momento la mierda que hay que raspar con espátula del váter. No estaba orgulloso del todo.

El tipo del agua con gas, que reparó Chami en que llevaba gafas, se acercó a él.

—¿Qué le pediste a tu amigo?

Pemento se apartó, dejándole solo. A Chami le pareció un gesto de grandeza, como cuando el ciclista gregario se descuelga del pelotón y deja solo en la montaña al líder. Se pensó la respuesta. Podía ser humilde, bajar la cabeza y mentir o tirar de prestigio —aunque no sabía cómo andaba de lleno el depósito— para poner a aquel policía en la tesitura de denunciarlo. ¿Iba a atreverse? ¿Una figura como él, denunciado por qué exactamente? No necesitó pensarlo más.

—Cocaína —dijo, y le sentó muy bien, como si la hubiese esnifado ya; le gustaba juguetear, a veces hasta el límite, con la impunidad de su fama—. Necesito algo para estar mejor, tengo una comida familiar. Y mañana es el cumpleaños de mi madre, estamos de víspera. Usted no conoce a mi madre. —Sonrió—. Es una fuerza de la naturaleza. Nos agota. Nos agota de cojones, agente.

El investigador o detective (calculó a ojo Chami, como si le echase años) detuvo su mirada en él. Si pretendía que cantase, llegaba algo tarde. El traje un poco arrugado, advirtió Chami, pero zapatitos lustrosos para ese suelo. El policía se giró y ordenó a Santi:

—Dale la droga, venga.

Ya empezaban las moderneces, las originalidades, los polis guais. Santi se rebotó, pero fue un rebote como los que los niños cogen en el colegio cuando el profesor los pilla copiando.

—Yo no tengo droga —dijo extrañado—. Espere, que busco esa palabra en *la* internet, no sé lo que me está diciendo...

Esa era su cara. Lo negó Santi dos veces más, quizá para estar a la altura de san Pedro —cada uno traiciona al Dios que puede—, y cuando iba a negar otra se abrió la puerta del baño y salió tieso como un palo Nano.

—Rebañé lo poco que quedaba —dijo.

—Pues no hay droga, figura —dijo el policía mirando a Chami.

Se sentó en un taburete, calmado. «Son increíbles los bares», pensó Chami. A qué velocidad había alcanzado el Trasno la sordidez. Por momentos parecía un *after*: un poli, un tío saliendo colocado del baño, un camello, un dueño del bar trastornado por los gatos, un exfutbolista.

Aquel policía, un hombre paciente y desganado, empezó a hablar, demasiado despacio a juicio de Chami, de los niños desaparecidos, Luis y Marcos. Les puso nombre y apellidos, les puso caras nuevas y les contó alguna historia necesaria, como que habían empezado en septiembre en un internado al que no querían ir, y eso podría indicar que la desaparición era voluntaria. De familia «pija», dijo el agente, cosa que agradeció Chami porque estaba cansado de la expresión «familia bien» dejando a las demás familias en un lugar delicado. Relató las circunstancias de la desaparición, esa «carrera de mierda, ¿por qué a todos se les da por correr en Navidad?».

—Los padres insisten en que no, claro, que los niños estaban contentos, pero los que trabajamos de buscar a alguien tenemos que conocerlo mejor que el que lo perdió. Y esto no es un reproche. Es simplemente la vida. El mayor es más espabilado, más echado p'alante. El pequeño sigue mucho al otro, le copia hasta la forma de andar. En septiembre los metieron en un internado. Buen centro, por lo visto, pero ellos querían seguir en su colegio de siempre, y además el cambio coincidió con que el padre empezó a trabajar fuera, y la madre anda bastante limitada de paciencia. Bueno, limitada en general. Fue todo a la vez. Hay antecedentes, por eso no creemos que haya habido violencia ni que los críos corran peligro.

El policía también les contó que un día los niños se escondieron en el almacén del hipermercado Froiz dos horas para ver si los buscaban; había sido en verano, cuando ya sabían que iban al internado.

—Cosas así. Lo que pasa es que esta vez no volvieron. Bien se pudieron escapar —hizo una pausa—, y que luego un degenerado los pillase por ahí de noche. En la carrera popular, con todo el lío, se esfumaron, y cuando la madre se quiso dar cuenta, habían pasado tres horas. Nadie los ha visto. Como si se los hubiese tragado la tierra.

—¿Por qué los mandaron al internado? —preguntó Nano, ninguna duda de que iba a ser él quien hiciese la pregunta.

—No sé si ese es el punto.

—A mí —se animó Chami— sí que me parece el punto. Los padres que mueven a los hijos como si fuesen muebles.

—La familia dice que fue una medida temporal por cuestiones laborales —dijo el agente.

Sacó una carpeta de plástico y agitó un par de fotografías como si fuese un vendedor ambulante. Eran diferentes a las que habían aparecido en la prensa, y mostraban a los niños en ropa deportiva.

—Son fotos de antes de la carrera. Salían de fondo en otras que le tomó una vecina a su hijo. Las pondrán ahora en el telediario. Vídeos no hay: sus padres deben de ser los únicos de España que no graban a sus hijos cuando participan en una carrera. Alguien los vio por última vez poco después de la salida, descolgándose del grupo. Pero no hay cámaras en ese tramo. A las tres horas ya se había activado el protocolo. Patrullas, drones, perros. Cero rastro, rarísimo.

—Pues es raro, sí. —Pemento fruncía el ceño como si hubiese estado encima del caso desde el minuto cero, pensando en colgar esa noche cuatro gatos como represalia.

—No se han encontrado mochilas, ni prendas, ni señales de fuga organizada. Y aquí es donde la línea se vuelve fina. Puede haber sido una marcha voluntaria... o inducida. De momento, no descartamos ninguna hipótesis.

—Es usted muy amable, muchas gracias —dijo Chami.

—No hay de qué. Tú tienes un hermano que se llama Ramón, ¿verdad? —La voz del agente, helada. ¿Era agente? ¿Había enseñado la placa? Igual era un humorista, quizá todo aquello era una cámara oculta para gastarle bromas a un famoso con la desaparición de dos niños. Ya lo había visto todo.

—Sí, claro, ¿qué pasa?

A Chami se le bajó la borrachera de repente. En esos dos segundos de silencio se dio cuenta de cuánto quería a Mon, de cuánto quería a su terrible familia.

—Me lo comentó uno por ahí, permítame que no diga quién, cuando bajé a preguntar por una finca cerca del monte. Que marchó ayer por la tarde, sin decir a dónde ni por qué. Dijo que andaba raro, inquieto. Supongo que serán cosas de familia, ¿no? —El policía lo miró con una expresión neutra, casi de cortesía—. Pero cuando hay una desaparición, las casualidades molestan. Y lo de que tu hermano marche justo el mismo día... No le estoy acusando de nada, puede haber sido por mil cosas.

«Paquiño», pensó Chami. ¿Cómo podía ser tan retrasado, tan imbécil, tan mal tipo ese tertuliano? A saber si no estaba llamando ahora mismo a una cadena para salir con la voz distorsionada. Bajó la mirada, temblando. Cuando la levantó, el agente se había ido.

Algo se le había desplazado dentro. No era el alcohol, o no solo. Era esa sensación de que el cuerpo está presente pero no representado. Miró a sus amigos con la mirada pesada de los borrachos, una mirada llena de promesas frustradas antes de intentar cumplirlas. Estaba él para cumplir nada. Santi, Nano... Eran todos parecidos, pero no iguales. ¿Por qué Mon nunca había sido amigo de ellos?

Pidió a Nano que lo llevase a casa. Su amigo condujo el coche con suavidad y sin poner un solo intermitente. Era algo que siempre hacía cuando cogía el volante de fiesta. Si bebía mucho, dejaba de vocalizar y se hacía un lío con las manijas: era un caramelito para la Guardia Civil. Para no cabrearse, Chami lo dejó estar.

Cuando estaba de humor, Nano sacaba el brazo por la ventanilla y señalizaba con él, pero hacía un frío espantoso, así que dejó las ventanillas cerradas para que no se escapase la calefacción. Por lo demás, estaba perfecto. Aparcó enfrente de casa y vio de reojo asomarse la cara de Amalia. También la vio Chami, pero de repente la figura de la madre se esfumó. Lo mismo había dejado algo al fuego. Desde que Chami tenía consciencia, su madre siempre tenía algo al fuego.

19

¿Qué despierta a un padre de manera más delicada que un hijo entrando a tientas para no hacer ruido, como si el padre fuese un león en duermevela, y qué despierta a un hombre de forma más violenta que la intuición de un intruso en su casa? ¿Y cómo reacciona, ese viejo guardián, si abre los ojos, aún desubicado y aturdido, y se encuentra con que el hijo y el intruso son lo mismo? Puede distinguir en las puertas del sueño si el que se mueve es un hombre ágil en edad de destruir o saberlo inofensivo como todos los hijos: bestias salvajes que uno domestica desde cachorros, por tanto sin peligro. Puede distinguir, braceando hacia la profundidad del sueño o saliendo de él, movimientos tan familiares como los de su mujer, que va de un lado a otro mientras él duerme en su silla; puede distinguir todo eso sin que le afecte al sueño, al descanso, a la paz: Ramón Palmeira tenía incorporada de manera tan natural la presencia del otro que podía sentirlo sin que le perturbase, incluso dormido. Desde los dieciocho años solo le habían visto dormir tres personas: su mujer y sus hijos. Nunca lo había hecho ante otra gente, era un animal de manada pequeña.

Pero Ramón esta vez se despertó incómodo porque detectó movimientos que no supo distinguir como reales o como sueño, y pensó en que así es todo o casi todo siempre: la capacidad de diferenciar bien entre lo que se vive y lo que se sueña o lo que se cree vivir y se cree soñar. ¿Qué haces si crees soñar algo pero no lo sueñas, o no recuerdas haberlo vivido pero quizá lo viviste o quizá no? ¿Qué se hace con toda esa porción de imágenes y palabras? ¿Se usa o no se usa? ¿Y de qué manera se usa, si se decide usar? Ramón pasaba dormitando mucho tiempo. A veces no sabía qué líneas pisaba, si eran imaginarias o no. Escuchaba la voz de Amalia en sueños y no sabía si venía de fuera o dentro. Y con algunas imágenes, pocas, le pasaba lo mismo.

Pero, ya consciente, vio a su hijo Chami parado delante de él, con una sonrisa boba en la boca, y su cuerpo se relajó. Eso debió de haber sido. Ramón movió los labios primero, como si fuese a ver por ellos, recolocando el cuerpo en el sofá. Chami lo saludó:

—Papá, sigue durmiendo, que aún no comemos —y se escabulló por el pasillo, supuso Ramón que en dirección a su cuarto.

Segundos extraños aquellos: estaba pasando algo y no tenía ganas, como siempre, de saber el qué. Preguntar era como descolgar un teléfono que suena a las tres de la mañana: para qué si no es para escuchar algún problema, quién da buenas noticias despertándote a esas horas, qué buena noticia se le puede dar a un hombre jubilado que vive en un pueblo, que apenas sale de casa y que dejó de creer en las buenas noticias entre otras razones porque no se le ocurría ni una.

¿Cuántas veces le había dado vuelta a muchas cosas a las que no había que darle ninguna, que simplemente estaban delante? ¿Cuántas vueltas imposibles les había dado a cosas que solo eran posibles de la forma en que las tenía enfrente?

Llevaba toda la mañana con la cabeza agitada por culpa de la desaparición de los dos *rapaces*, esos niños que estaban ya todo el día en las televisiones. Tal era la obsesión, que reparó en que había soñado con ellos hacía unos minutos, pero la realidad que él se negaba a sí mismo y a su memoria era otra, bastante más incómoda.

Le molestaba tener a dos críos metidos en la radio y la televisión de esa misma casa en la que muchos años antes otros dos niños habían entrado de puntillas, pared pegada a la espalda y manos unidas en forma de pistola, índices y pulgares, persiguiendo a la niña pequeña de los Rebello. Jugaban, como siempre, a indios y vaqueros. La buscaron debajo de la mesa de la cocina, echaron un ojo al pasillo, desde el que oían voces de mujeres tranquilas en el salón, y, al volver, Amalia salió de detrás de la puerta por sorpresa: los había cazado.

Pero con sus manos no hacía la forma de una pistola. Ramón no recordaba mucho de aquello, pero sí la pistola. La pistola era compacta, negra, con empuñadura de baquelita y un brillo triste, casi aceitoso, como el lomo de ciertos peces cuando ya han muerto. La había visto en manos del abuelo de Amalia, un hombre huesudo y de bigote gordo, que había trabajado en el puesto de la Guardia Civil y al que la muerte lo alcanzó en un banco del paseo, tomando aire. No era una pistola de esas pequeñas que parecen de fogueo: estaba hecha de un hierro serio, pesado, frío incluso en verano, que llevaba grabado en el lateral, con letras industriales, el nombre de la fábrica de Éibar donde se forjó. Ramón nunca preguntó nada, pero recordaba esa pistola porque había soñado con ella más veces de las prudentes. La soñaba en manos de Amalia, la soñaba apuntando sin parpadear, la soñaba después de los disparos, cuando la niña la dejó caer al suelo. Sí, Ramón se acordaba de la pistola: del tacto rugoso del mango, de la corredera dura, de cómo sonó al caer, y todo eso sin haberla tocado. Una pistola de adultos, de hombres, de ningún modo de niñas. A veces creía que aún estaba en la casa, oculta, oxidándose en algún rincón alto del armario de la buhardilla, junto a la cama supletoria y los juguetes viejos de Mon. No era probable, pero las armas dejan siempre una sombra donde han estado, como un silbido sin origen que de pronto uno oye cuando cree que está solo.

Amalia entró de nuevo en aquella salita de estar que daba a la pequeña cocina y la puerta de entrada.

—Despertaste —dijo.

—Desperté. Llegaste hace tiempo —preguntó Ramón.

—Llegué. —Amalia se extrañó—. ¿Pasó algo?

—Chami, que ya llegó también.

—Y qué, se está duchando —dijo Amalia señalando la caldera.

—Hay que estar limpio —respondió Ramón.

—Siempre, siempre —dijo Amalia, y se acercó a darle un beso en la frente—. Tienes una sopiña para ti ya en la mesa.

—Pero no te vio el *fillo*.

—Porque yo estaba arriba haciendo cosas.

—¿Arriba? Con las ratas —dijo Ramón.

—A ver si las veía.

Llegó a la mesa de la cocina envuelto en pensamientos aquel hombre que ya solo aspiraba a envolverse en soledades agradables. Cuando se dio cuenta, se había comido toda la sopa. Su plato estaba tan limpio que parecía haberlo cogido de la alacena. Amalia, que seguía haciendo tareas por la casa, pasó a su lado casi volando.

—Estaba ardiendo, Ramón, ¿qué *carallo* te pasa?

Él se encogió de hombros:

—Estaba muy buena.

Pero sentía el estómago vacío, más aún que antes de comérsela. No era por esos niños que toda España buscaba, sino por el recuerdo del día en aquella cocina, en aquella casa, con aquella mujer. A uno de los niños la bala lo mató al momento, le voló la cabeza, «nos tenía enfrente, a un metro», contó su amigo a la policía, y debieron de temblarle los bracitos a la niña, porque a ese amigo le acertó solo en la pierna.

Ramón dejó el plato en la mesa con los cubiertos como ordenaba Amalia («yo me encargo de todo, si lo hacéis vosotros dais más trabajo») y volvió a la salita arrastrando las pantuflas para esperar a que Chami terminase de ducharse. Pondría los deportes en la televisión, siempre reponían cualquier partido. Llegó al sillón ayudado por el bastón. Cojeaba desde los once añitos.

20

Chami había salido del coche con su bolsa de viaje a la espalda creyéndose Michael Landon en *Autopista hacia el cielo*, el pueblo vacío a esas horas de nadie, y cruzó la carretera repleta de luces navideñas dando un saltito para no pisar la línea continua. Había algo en él que no se había marchado del todo, sombras del deportista que fue, memoria muscular y hasta mental: le gustaba competir. Competir le había dado una buena vida, una vida confortable llena de lujos y reconocimientos, y al terminar la gran competición quedaban las más modestas competiciones, como llegar el primero al otro lado cuando el semáforo se ponía en verde —pero sin hacer el ridículo, o sea, sin correr— o tratar de aguantar más tiempo que su interlocutor sin pestañear —evitando también hacer el ridículo, es decir, sin avisar al otro de que los dos participaban en un emocionante campeonato—. Chami Palmeira, desde su retirada, le seguía echando un pulso al mundo sin que el mundo se enterase.

Entró en casa, la puerta casi siempre abierta, olisqueando la comida al fuego como un ratón. Se quedó silencioso delante del padre, que dormitaba frente al programa del corazón que precedía al telediario («se está separando todo el mundo otra vez —pensó borracho sin venir a cuento—, será por el cambio climático»), y esperó a que abriese los ojos para saludarlo. Luego fue a la habitación de su sobrino. Se preguntó dónde andaría su madre.

—¡Chami! —el niño empezaba a pesar demasiado. Habría un día en que un adulto lo levantaría por última vez y ni el adulto ni el niño serían conscientes. Le dio pena, pero excusó comentar semejante asunto a Moncito. Registró la casa sin que pareciese que la registraba para dar cuenta de que, efectivamente, no había rastro de su hermano. «Pues estará en Vigo —pensó—. En bonito momento».

Chami se metió en su habitación y cerró la puerta con llave. Tenía el pulso moderadamente acelerado. Abrió la ventana desnudo, su cuerpo aún musculado y depilado, cada vez menos marcados los brazos y los abdominales, con el colgajo mínimo entre las piernas, y respiró profundamente el olor a huevos podridos de la marea baja, las algas muertas que había dejado aquella noche el océano en la arena, aquella mezcla familiar de azufre y marisco que le hizo recordar los últimos días de su relación con Pastora.

«El jaleo de los días de fiesta ya se oía a un kilómetro del pueblo», cantó. Revisó en sus pantalones para sacar del bolsillo trasero, escondida entre dos billetes de diez euros, una papelina con restos de *speed* que le había encontrado a Nano en la guantera. Casi de forma inconsciente, los volcó sobre la mesilla de noche, los aplastó con una grapadora e hizo tres rayas. Miró la hora. Pensó en meter una, devolver dos al papel y tirarlas por el lavabo. Pensó simplemente en devolverlas al papel y guardarlas de nuevo. Daba igual. Llevaba el suficiente tiempo dudando entre lo malo, lo peor y lo irreversible como para haber olvidado la certeza y el alivio de una decisión correcta. Esas decisiones ya no existían en su vida: todo se limitaba al control de daños y un suave estupor por el curso de los acontecimientos.

Se quedó mirando el papelito en el que estaba la droga, un trozo mínimo de lo que parecía, por el número de teléfono cortado y la tipografía, un anuncio por palabras del periódico local. «Ebanista», se adivinaba que decía. No, no era ninguna pista que le fuese a llevar a encontrar a su hermano, ni a los dos críos, ni siquiera a él mismo. Eso ocurría en las películas malas, no en la vida. En la vida, el número del ebanista lleva a un ebanista que, si tiene un mal día, te amputa un dedo importante y empieza una historia mejor, pero no la que sale en las películas. La vida no tiene nada que ver con la ficción porque en la vida están pensando millones de cabezas a la vez, y en la ficción piensa una sola. En la vida, un rasguño en un dedo puede hacer que brote sangre.

Sintió, mirando la mesa, que estaba tocando fondo de verdad. Que no lo había tocado, como todo el mundo creía, en aquel plató de televisión meses antes, en el que se había presentado sin una gota de alcohol, ni mucho menos drogas. Pero sí con todas sus inseguridades desatadas, fuera de su cuerpo como cables pelados. No, no estaba allí el fondo. En realidad, empezaba a saberlo, el fondo no existe: nunca lo hay. Pero cuando uno desciende necesita referencias, necesita saber cuándo scrá el próximo costalazo, el suelo que en algún momento le frenará. Pero no hay nada que te frene. Se metió las tres.

Sudó a gusto encima de las sábanas, con la ventana abierta de par en par mientras fuera el frío helaba las hojas de los pinos de la finca de al lado, todavía sin urbanizar. La piel le picaba como si hubiese olvidado secarse bien después de ducharse. El *speed* lo mantenía alerta, con la mente echando chispas, pero chispas absurdas. Se le tensaron los músculos de los muslos sin necesidad de moverse. Mandíbula apretada, eso era lo que más odiaba del *speed*: el cuello tenso, la espalda sudada y los ojos demasiado abiertos. Le habría gustado dormir cinco minutos. El corazón le latía rápido pero sin euforia. Por momentos se sentía listo y lúcido, comprendiendo de golpe todo lo que le había pasado en los últimos años, pero ese momento de lucidez no duró ni medio minuto. Se deshizo rápido, y lo dejó igual de perplejo que antes. «El *speed* —pensó— tiene algo de trampa de feria: parece darte claridad, pero solo ilumina más rápido la misma confusión».

Cogió el móvil y leyó los mensajes pendientes. Sara lo llamaría sobre las ocho de la tarde, pedía a Chami que buscara un hotel; tenía ganas de verlo, y no quería que él se presionase. ¿A qué venía eso? Ahora sí estaba presionado. Chami odiaba la compasión. ¿Qué se suponía que tenía que hacer Chami, agacharse para morderle el culo hasta que ella se corriese y salir luego a hurtadillas para pagar ciento cincuenta euros por el cuarto en recepción? Sara Sarriaga, pensó. Sara Sarriaga, volvió a repetirse. Ninguna gana de quedar con ella. No había posibilidad de nada: llevaba bebiendo desde la mañana. Además, no le apetecía. Pero debía hacerlo, *debía tenerla contenta*. Demasiado joven y quizá imprevisible. Había que tener todo aquello pacificado. No iba a ser la primera vez que accediese a sexo de cualquier manera, como ahora, solo por miedo a que alguna mujer se sintiera seducida y luego estafada. El ego, la paranoia, las inseguridades y la culpa estaban destrozando su mente, como termitas, sin ninguna precaución.

Y luego estaban los sonidos. En el estado en el que se encontraba, allí tumbado tolerando a duras penas un colocón, lo escuchaba todo. El agua circulando por las cañerías, el mínimo movimiento de una silla en la otra esquina, los ruidos propios de la casa, que siempre parece estar haciendo una digestión casi mínima pero audible para oídos como los suyos, ahora mismo invadidos por la anfetamina. Puesto y en soledad, callado como un mueble, lo oía todo todo, podía oír hasta un grifo abierto en la casa de enfrente. Y las ratas de nuevo, arriba, montando un escándalo que habría dejado sordo a Superman: debían de ser gigantes aquella vez. No hay nada que ayude a la paranoia, pero lo que menos ayuda es tener razón una vez. Chami no quería tenerla nunca.

No fue capaz de leer un mensaje que le había mandado Pastora. Pastora había sido el gran amor de su vida, pero ahora no podía pensar en ella, ni siquiera podía tener un amor de la vida ni del minuto. Se secó la cara y el pecho, se cambió de camiseta y abrió la puerta. En la mesa de la cocina se encontró sentados a su padre y a su sobrino. Su madre estaba delante de los fuegos como una sacerdotisa en el altar, silabeando cánticos o conjuros o recetas.

21

Amalia se volvió con la cuchara de madera en alto como si estuviera a punto de bendecir la sopa o exorcizarla, y el humo que salía de la olla parecía habérsele enredado en el pelo. Al ver a Chami en la cocina, le salió en la cara ese gesto suyo, mezcla de orgullo y cálculo, que solo su familia sabía distinguir. Dio un pasito gracioso hacia él, se detuvo a tocarle la barba de tres días, las ojeras y la camiseta recién puesta, y le acomodó el cuello como cuando él medía un metro veinte y salía a jugar al fútbol con las medias caídas.

—Mi héroe nacional —dijo.

Chami se acercó a besarle la mejilla, un beso rápido y torpe que ella aprovechó para olisquearle el pelo.

—Hueles a hotel —dijo.

—Estoy retirado, mami.

—¿De los hoteles también? Ojalá. Pero las revistas no se retiran de ti, que el otro día salías en una con gafas de sol y cara de no haber dormido.

—No había dormido.

—Dormir —dijo Ramón. Probablemente se le había escapado, como cuando uno oye «playa» o «dinero» y sueña en alto.

—Pues haber dormido, que para eso te crie, para que durmieses lo que no puedo dormir yo —dijo Amalia—. Que tú acabaste bien, aunque ahora te empeñes en acabar regular.

—No estoy tan mal —dijo Chami.

—Nunca estás mal, eso ya lo sé. Siempre estás medio mal, que es peor, porque no te deja pedir ayuda ni presumir del todo.

—Cambio de tema, va —dijo Chami.

—Pues es verdad. Aquí no se habla de tonterías. Aquí se habla de si repites plato o no repites. Y tú repites. —E hizo un gesto que Chami pensó que le iba a tirar la olla hirviendo por la cabeza.

En lugar de fingir seguridad delante de Moncito —o sea, mentir: «Fue a una entrevista de trabajo», por ejemplo—, Amalia decidió no andarse con rodeos:

—¿No sabemos dónde está tu hermano?

—Está bien, seguro —dijo Chami, sin estar seguro—. Creo que tiene una novia en Vigo.

—¿Y la va a ver sin avisarme? Si me llama hasta para ir al baño.

«Porque no lo quieres —pensó Chami—. Porque quieres a tu hijo no deseado y no eres capaz de querer al deseado. Y quizá quieras a tu hijo no deseado solo porque se hizo valer. O quizá no quieras a nadie porque no eres capaz a pesar de que lo intentas, y sufres por eso, y haces cosas absurdas para interesarle al mundo. Todos merecemos un rato al menos el interés de alguien». A veces sentía estar cerca de saberlo todo sobre su madre, y entonces paraba. Cierto que una versión más sofisticada de Amalia se hubiera dirigido al niño de ocho años y le hubiera dicho: «Hemos perdido a tu padre». Por alguna extraña razón, o quién sabe si extraña, Chami sabía que esa versión de su madre existía, así como otras aún más impensables. Y aunque había días, pocos, en que su comunicación se reducía casi a monosílabos, casi retándose para ver quién alcanzaba la perfección lacónica, también sabía que su padre estaba al tanto. Y, desde luego, Amalia era consciente de lo que pensaban los dos. Quizá era más divertido así, menos dramático.

Amalia se levantó de la mesa para sacar el postre de la nevera. El recuerdo de Mon se desvanecía por momentos en aquella cocina, como si hubiese emigrado a América veinte años atrás. El niño, sin embargo, estaba preocupado, aunque nadie reparase en él.

—Pregunta por el conejo, pregunta por el padre, pregunta por santo Dios bendito —le dijo Amalia a Chami—. Mañana es mi cumpleaños. Va a estar aquí por las buenas o por las malas —anunció en alto.

Chami se secó el sudor de la frente. Apenas había comido algo más que la sopa, y su madre no le reprochó nada, señal de que lo había encontrado fuera de forma.

—A la víspera se puede fallar, pero al cumpleaños no. Al cumpleaños lo traigo yo de los pelos —dijo Amalia—. Lo que costó traer al niño aquí, ¿verdad, *filliño*? —Amalia empezó a recoger la mesa—. Esta tarde patrullo todo el pueblo. Mi hijo aparece —dijo mientras llenaba el fregadero de agua con Mistol. Chami pensó que aquello no podía perdérselo.

—¿Qué es la *víspara*? —preguntó el niño.

Víspara. Chami no lo corrigió. Pasamos años enseñándoles el verdadero secreto de hacerse adulto, que es el secreto del lenguaje y sus posibilidades, también las peores. Poco a poco van diciendo bien incluso las palabras que más gracia nos hace que digan mal, y cuando nos damos cuenta ya dejaron atrás del todo a aquel niño: no nos quedamos con nada de aquella época. Pero ahí estaba *víspara*. Esa palabra sobrevive en el presente por puro desconocimiento, como el marido de *Los otros* regresa de una guerra acabada a una casa llena de muertos. Chami recordó a Lara, la hija de unos amigos suyos que estaba aprendiendo a hablar. No conocía la mentira, ni entendía que los demás pudieran saber qué pensaba. Sus padres dijeron que conservarían sin corregir alguna de esas palabras que decía mal porque en el futuro las necesitarían para amortiguar la destrucción del tiempo. Mon le escribió una vez a Chami (Mon escribía muchísimas cartas) que hay palabras que, si se van o las dejamos de pronunciar, vuelven del mismo modo que los hijos vuelven a casa: nunca para quedarse, sino para despedirse bien. Chami se preguntó si Mon volvería para irse del todo o si ya había vuelto una vez y nadie había reparado en ello.

—Lo que está antes —le dijo Chami al niño—, eso es víspera. Hoy es el día anterior al cumpleaños de la abuela, así que es la víspera del cumpleaños. En la víspera, Ramoncito, todo puede pasar. Después, ya no.

Estaba bastante puesto. Pero era consciente de ello, así que había control de daños. El riesgo siempre es confiarse, pensar que está todo hecho y perderle la cara a la droga, actuar a sus espaldas como si estuviese domesticada. Chami la tenía bien presente. Era su socia ahora mismo. Se puso un vino, de hecho, porque ya podía volver a beber, pero con sentido. Tenía ganas de hablar con quien fuera, hasta con el crío. Se disponía a hablar de política con él, le pasó el brazo por los hombritos, incluso. Pero, a la mínima pausa, el niño echó a correr por el pasillo con el iPad bajo el brazo.

22

Marcelino San Amaro, marido ya jubilado de Vicenta la Parrochas y padre de Saray, la chica viuda por orden directa de Al Qaeda, estaba organizando el tráfico en la rotonda de arriba del pueblo cuando vio llegar a Amalia balanceándose con dos bolsas de basura, una negra y otra amarilla. «Normal que recicle, si recicló al marido», pensó en la distancia San Amaro, y se descubrió cruel. Era sensación establecida en el pueblo que a Amalia le pegaban ciertas cosas, desde luego el orden y la limpieza obsesiva, pero nadie acertaba a saber por qué. Pasa con mucha gente: que al verla te la imaginas haciendo esto o lo otro, pero sin ninguna conexión clara, solo intuiciones de brujería.

Debido al aumento repentino de visitantes (periodistas, mayormente, pero también sabuesos aficionados o directamente *streamers* de sucesos haciendo conexiones desde cualquier parte; una chica que hizo un directo desde el cementerio fue inmediatamente cancelada), Marcelino San Amaro había encontrado una rendija en el reglamento de Protección Civil para, con un peto amarillo fluorescente, ponerse en mitad de la carretera a dirigir los coches. Se presentó en el Ayuntamiento cargado con una carpeta azul con gomita inflada con legajos, supuso el secretario que folios blancos con los que San Amaro solo quería intimidar, alegando que aquello era refuerzo voluntario. El alcalde lo dejó hacer: lo último que le faltaba aquel 30 de diciembre, con el pueblo en los telediarios y las campanadas sin organizar, era que Marcelino San Amaro lo denunciase al Tribunal de Derechos Humanos de Estrasburgo y saliese para allá media corporación a declarar.

La mitad de los coches que pasaban por la rotonda, conducidos a esas horas ya por borrachos, lo saludaban con el claxon y no hacían caso a las indicaciones. Para ellos era como si Josito Pemento se hubiera puesto la estrella de *sheriff* y hubiese salido a la calle a hacer cumplir la ley con un gato a modo de estola.

Amalia llegó hasta los contenedores bufando y depositó las bolsas en cada uno mediante un gancho poco estético, como una baloncestista. Había anochecido y las luces navideñas funcionaban con intermitencia en aquella parte del pueblo, que ya no era el centro. Se acercó curiosa a la rotonda para saber qué estaba haciendo el marido de la Parrochas allí en medio, porque parecía un espantapájaros. Igual había perdido ya por fin la cabeza. Sentido del ridículo no había tenido nunca, eso era verdad, pero ahora, con la espalda encorvada y las piernas flacas como las de un pollo, la sensación era abrumadora.

—Marce, ¿y entonces? —gritó desde la acera. Se fijó alarmada en que llevaba un silbato en la boca. Con el peto amarillo parecía un árbitro—. ¿Estás pitando un córner?

—Echando una mano, Amaliña, que los agentes no dan abasto. Buscan a esos pobres chavales por debajo de las piedras —gritó el viejo.

Como la burocracia no había conseguido arreglar nada respecto a esos niños, Marcelino tuvo que pasar a la acción. A veces el mundo, pensaba Marcelino con un punto muy tierno de desolación, había que salvarlo fuera de las ventanillas de la administración pública. Pero pocas veces.

Amalia se encogió un poco. A esas horas ya le pesaban las piernas y los brazos como si llevase motores apagados dentro, y le empezaba a doler la cabeza por el estrés. El estrés diario, ese que no desaparecía nunca: ese que se encendía a las seis y media de la mañana cada día. Odiaba las vísperas, odiaba el momento en que todo tenía que estar bien al día siguiente y no terminaba de disfrutar el momento en que finalmente lo estaba, aunque le aliviaba.

—¿A Mon lo viste o sabes de él? —preguntó Amalia.

—Nada, no. No es un buen día para perder a alguien.

—Hombre, perdido espero que no esté.

El viejo se encogió de hombros. Estaba dirigiendo el tráfico de nuevo.

Mon y ella habían discutido el día anterior. De repente a Mon no le pareció bien que hiciera conejo para el cumpleaños. ¿Qué le había dicho exactamente? Porque perdió los nervios, Mon. Ah, sí: que ella no quería comerlo, que lo que disfrutaba era destripándolo. ¿Y por qué no me iba a gustar comerlo? Destrípalo tú, hombre, si piensas que a mí me hace gracia. Después de la bronca, salieron todos juntos al tanatorio. Al llegar, Mon bajó del coche con su madre y el niño, y dejaron al padre tratando de aparcar.

—¿Volvieron las ratas? —le preguntó Mon a bocajarro con esa voz de lector que tenía, pronunciando demasiado bien las palabras.

—Y por qué lo dices.

—Yo no digo nada, yo te pregunto. Ya tienen que ser grandes para que se las oiga mientras gritábamos hace un momento.

—Yo no oí nada, a ver si las tienes tú dentro de la cabeza.

Y fue lo último que se dijeron. Amalia entendía, Mon entendía. Una familia solo sobrevive si no se hace preguntas. Igual que el amor. O acusas, o te callas. Pero no preguntas. Las preguntas exigen respuestas y pones al otro en una posición incómoda: decir la verdad o mentir. No hay verbo para decir la verdad: no hay *verdadear*, como sí hay *mentir*. No existe el verbo *verdadear* porque la verdad no necesita ser ejercida como la mentira. *Mentir* implica una acción concreta, un esfuerzo, una elaboración; uno miente *a propósito*. Pero decir la verdad —cuando se hace— no se siente como un acto, sino como un estado. La verdad ni se fabrica ni se prepara: está o no está. Por eso no se perdona igual una mentira que una verdad incómoda. La mentira exige ingeniería. La verdad, en cambio, se asume como una presencia. Quizá sea por eso que no hay verbo: *verdadear* es artificioso, y la verdad nunca lo es.

Mon preguntó y Amalia se irritó, perfumada como iba al tanatorio a dar el pésame a una familia que podría matar a gusto, en otro siglo, con sus propias manos. «Qué estás pensando ya, Amalia, si se te oyese fuera». No volvió a ver a Mon después.

Siempre le vino todo grande a Mon, especialmente ella, su madre. Se fue y la dejó encargada del hijo, sin preguntar. No había que hacerlo, ella cuidaba de todos. Y de ella no hacía falta cuidar. Pero había que preguntar por Mon, mostrar interés, levantar otra vez el telón y mostrar aquella familia unida y perfecta.

Reparó, como si su cuerpo hubiese dejado de pertenecerle, que ya no estaba yendo para casa. Había cogido un desvío que la llevaba directamente al centro del pueblo. Allí centelleaban las luces de Navidad confundidas con las luces de la policía y las amarillas de una o dos ambulancias, no podía precisar Amalia desde tan lejos. Bajó a paso rápido la calle hasta que se empezó a sentir mal, cansada, y se apoyó en una valla de seguridad de una obra. Al hacerlo, le dio un tirón en la muñeca del brazo derecho. Llevaba molestándole todo el día, pero lo de ahora ya era un dolor intenso. Sospechaba que era por haber masturbado a su marido aquella noche, así que tampoco era cosa de ir al médico.

Cogió aire —la vida en marcha, Amalia, el pueblo en marcha— y siguió el camino como una peregrina sin saber si se dirigía a su futuro o a su pasado, de ningún modo a su presente. Había mucha gente en el paseo de la playa, además de policía y ambulancia. Correteaban sin rumbo como en los videojuegos que se ponía Moncito en el televisor pequeño cuando se le acababa la batería a la tablet. El revuelo crecía y se escuchó algún grito de espectadora angustiada, la típica vecina que parecía colocar el ayuntamiento para dar más drama. Amalia se puso nerviosa, ¿qué estaba pasando? Una señora que no identificó —«será *de fuera*»— se asomó a una ventana de tal forma que Amalia se echó a un lado no fuese a caer encima de ella, pues estaba gorda como un bocoy.

—¿Sabe si ha pasado algo? —le preguntó la mujer.

—Pasar pasó, mira qué escándalo.

—¿Habrán aparecido los niños?

Amalia se encogió de hombros sin temblar lo más mínimo. Y luego, sacando fuerzas de no supo dónde, dio la vuelta y subió a paso ligero la calle de vuelta a casa. No se iba a acercar allí. De camino, llamó a Ramón.

—Dime. —Escuchó la voz de su hombre, la voz fatigada de su marido, un hombre merodeando su propio cuerpo.

Amalia intentó mantener la calma. No le costó nada. ¿A qué edad sabe un viejo cuándo el juego acaba y por qué? ¿Cuántos ciegos ven por primera vez y no saben, de pronto, subir las escaleras que subían ciegos, moverse por la casa por la que se movían ciegos, descifrar con el atajo de la vista el mundo que costosamente ya conocían, medían y pesaban sin los ojos? Ella no estaba dispuesta a renunciar a su ceguera. Le había salvado la vida en otras ocasiones.

—¿Qué hace el niño?

—Internet. Llamas para eso —dijo Ramón. Ya esperaba Amalia esa sospecha del viejo suspicaz. Con todo el espacio sin usar que había allí dentro, un cerebro tan desocupado como el suyo podía ser, si quería, Sherlock Holmes.

—Dile que baje a ayudarme, anda. Estoy en el cruce del supermercado.

—Le digo.

—Pon los especiales a ver si pasó algo, Ramón, que hay mucha gente y se oyen unas ambulancias abajo.

—Estaba mirándolo ya. Entrevistaron a los padres, a la madre le dio un arrechucho en directo. Cortaron emisión. Será eso lo que viste. ¿Te preocupa?

—Será eso.

Amalia se metió en el supermercado para hacer una compra cualquiera, la suficiente como para que el niño la ayudase. Mientras lo esperaba, se dio cuenta de que habían terminado la obra del edificio de la fuente de Ramos. Cada vez menos parques, cada vez más pisos vacíos en invierno.

La primera vez que Ramón y Amalia hablaron fue años después del tiroteo, allí mismo. Ella estaba jugando sola en el parque buscando flores, como casi siempre, cuando Ramón llegó con dos amigos. Anochecía. Amalia supo que era Ramón de lejos por la cojera. Ella ya tenía trece años y él dieciocho. Después de los disparos se habían vuelto a ver muchas veces, pero siempre a cierta distancia. Ramón creció mirándola entre el estupor y la curiosidad, y, según cruzaba cojeando la adolescencia, con resentimiento. Le habían obligado a perdonar, le habían hablado de mala suerte y de la ausencia de responsabilidad. La pistola pesaba demasiado para ser de juguete, pero ella tenía siete años y qué iba a saber de pistolas. Los Rebello protegieron a la niña y se encargaron de que el pueblo hiciese lo mismo. Había que vivir sabiendo que determinados infiernos se crean de la nada, no necesitan culpables, y el infierno de aquella tarde de juegos de niños no iba a ser una excepción. ¿A quién va a matar una niña de siete años? Ramón había olvidado todo de aquel día, incluso a su mejor amigo, que murió en el acto, y solo se acordaba de la pistola. La recogió del suelo cuando a ella se la llevaron de la cocina en brazos. Mareado y desangrándose, quiso vomitar y solo se dio cuenta de que aún tenía la pistola en la mano cuando se la arrancaron. Allí se echó mientras le envolvían la pierna en toallas y esperaban a que llegase la ambulancia. Debió de esperar mucho tiempo, porque tantos años después seguía una mancha allí que no salía nunca.

—Nunca *pediches* perdón. —Fue lo primero que le dijo a ella en el parque—. Nunca pediste perdón —dijo otra vez, y su voz no parecía la de él, aunque luego Amalia recordó que llevaba sin oír aquella voz desde que era un niño. Y ahora ya era un hombre.

Los dos amigos de Ramón se mantuvieron alejados. Amalia no sabía qué hacer. No estaba molesta ni enfadada ni alegre ni expectante, tampoco tenía miedo. Algo dentro de ella sabía lo que iba a ocurrir, y no quería que ocurriese de ningún modo, pero cuando fue a encontrar resistencia no había nada. Le pasaba muchas veces. Buscaba emociones a la desesperada que, simplemente, o no tenía o nunca aparecían. Luego aprendería a convivir con su ausencia. Luego su ausencia le haría bien.

Ramón le bajó los pantalones hasta los tobillos y él no se esforzó en bajarse apenas el pantalón. Lo había hecho antes, supuso ella; Amalia, sin embargo, no había hecho nada antes, pero era una niña curiosa que ponía el oído en la tele y en los bares a los que iba con sus padres. Se sintió un cadáver y actuó como tal, quizá lo fuese. Paraliza el asco, no el odio, y ella sintió en aquel momento un asco nuevo, estrenado, reluciente. No le gustó que Ramón dijese «no te muevas» y «no grites», porque eso se decía en las películas y ella no tenía pensado hacerlo, porque no podía, pese a que le estaba causando una profunda angustia su roce contra ella.

Se tumbó la niña con la cabeza de lado, y mientras él la penetraba, ella miró las briznas de hierba, ya cubiertas por el rocío, y las bolsas desperdigadas de las golosinas, el cielo nublado y oscuro, las luces en el puerto y en los edificios del pueblo, y de nuevo volvió la mirada al suelo hasta que al fondo le pareció distinguir camelias y narcisos tempranos, y deseó que Ramón acabase pronto para recogerlas y llevárselas a su madre. Como tenía frío, metió las manos dentro de la camisa y del jersey de él (un jersey de lana roja de calceta, quizá con dibujo) y se quedó con ellas apoyada en la espalda de Ramón mientras él la movía de arriba abajo. Amalia cerró los ojos y le acercó la boca, pero Ramón la rechazó. De pronto sintió angustia porque alguien apareciese en el parque y cogiese las flores antes que ella. Quiso que Ramón acabase, pero Ramón no acabó hasta varios meses después, ya en primavera, cuando se cansó de ella o dio por cumplida una venganza difusa o simplemente encontró las palabras con las que ponerle fin:

—Esto tampoco era de juguete.

Un día, mientras atendía en clase a las lecciones de la señora Teresa sobre el Siglo de Oro, algo dentro de Amalia Constenla se rompió y derramó un charco en el suelo en medio de un dolor desconocido. «¡Se meó, se meó!», chilló su compañera de pupitre. Amalia estaba aún más sorprendida que ella, entre otras cosas porque estaba segura de que no era pis. Qué pena no haber sabido entonces lo que pasaba para echárselo en cara a todas las niñas. Que había empezado a parir una estrella de fútbol, y algo aún mejor: una familia. Ya tenía, de golpe, una vida y un sentido que darle.

—¡Abuela! —gritó Moncito a lo lejos, alegre.

El niño venía a ayudarla con el iPad en la mano. Era insoportable. «Viene más frío», pensó. El lugar ya estaba vacío a esas horas, iluminado por farolas anaranjadas que no disipaban la humedad del aire. La tierra del suelo, compacta y resbaladiza, se había vuelto de un marrón más oscuro, con esos charcos alargados que reflejan la luz. A los lados del camino, los setos mal podados dejaban ver ramas secas y algunas bolsas de Gusanitos y pipas Facundo atrapadas desde hacía semanas. En las esquinas, los bancos metálicos estaban salpicados de excrementos de gaviota y hojas podridas. Nadie se sentaba ya en ellos, salvo algún adolescente por la tarde o un hombre despistado a media noche, casi siempre el marido de la Acueductos esperando no se sabía qué (todos en el pueblo sabían qué). Valoró llevar a Moncito al parque, sabiendo que todo estaba en orden en casa. Los columpios chirriaban aunque no hubiera viento, bastaba un soplido. En las ramas de los castaños colgaban hilos de bombillas que titilaban sin orden. Detrás, los arbustos que cerraban el parque formaban un muro opaco. A través de él se adivinaban los muros bajos del colegio cerrado y un centro de día, edificios blancos con ventanas altas. Ningún niño. Ningún adulto. Solo el eco de la música que salía de los pocos bares del centro, y alguna sirena lejana.

—Vámonos, neno —dijo.

23

Encendió un cigarro, el último de la cajetilla de Ducados que había comprado tres horas antes en el Gran Suqui. Lo encendió con un mechero rojo Bic que le había regalado la reportera guapísima a la que se había quedado mirando minutos antes de saber que era con ella la entrevista. La cabeza ofrecía prestaciones que el cuerpo no debía tolerar, pero toleraba. Ni siquiera estaba seguro de si a su mujer le había dado un ataque de nervios en mitad de la entrevista porque sospechó que ligaba con la entrevistadora. Pero él no estaba para ligar con nadie. Otra cosa era que perdiese, con el dolor, con el sufrimiento, la capacidad para distinguir la belleza. Seguía sabiendo dónde estaba la izquierda y la derecha, y seguía sabiendo dónde estaba una mujer guapa. Y en ese momento podría haber perdido esa capacidad, no le habría importado lo más mínimo no volver a saber dónde estaban la izquierda y la derecha, y dónde estaba una mujer guapa, que ya ves tú qué necesidad, por saber a cambio dónde estaban sus hijos.

«Luis y Marcos». Los había oído y leído tanto en periódicos y carteles que los nombres habían perdido todo el sentido. Luis y Marcos, por ese orden. Siempre que se le pone nombre al segundo, se piensa en cómo quedará con el primero. Lo condiciona. Luis y Marcos les parecieron bien a los dos, a su mujer y a él. Luis y Marcos. No los habían puesto para que fuesen famosos en toda España. Podían sonar como dúo de música electrolatina, podían sonar como cualquier cosa; lo que no piensan dos padres al bautizar a sus hijos es en cómo quedarán sus nombres en un cartel de desaparecidos, en un rótulo de televisión al lado de un teléfono por si alguien los ha visto, en boca de media España con tono entre compungido y alarmado, previo al desastre, previo a eso a lo que no deja de darle vueltas enfermizas: la «aparición de los cadáveres».

Pero ¿qué otro destino esperaba?, se dijo acabando el cigarro, fumándose prácticamente la yema de los dedos. Había pasado demasiado tiempo para pensar en otra cosa. Estuvo despierto toda la noche mirando la temperatura: llegó a estar a -3 ºC. Escondidos no podían haber sobrevivido con ese frío. Participaron en la carrera con pantalón corto y camiseta después de haber corrido por la playa con un grupo de amigos, y con esa poca ropa desaparecieron. Tampoco se podían haber escapado del pueblo sin que nadie los ayudase. El único sentido que tenía aquello ya, a esas alturas, era que los hubiesen secuestrado, los hubiesen matado o hubiesen muerto por accidente cerca del mar, ahogados. Pero eso no lo podía decir. Cuando desaparece un niño, nadie puede decir lo que piensa: solo se puede decir lo que nadie piensa. Siempre hay una conversación por arriba que se traslada a los medios de comunicación y llena de esperanza los corazones más ingenuos que se quedan delante de la televisión; hay, también, una conversación por abajo, más realista y oscura, que manejan antes que nadie los de las pompas funerarias.

Sintió que le faltaba el aire. Alprazolam, diazepam y sertralina, eso era lo que llevaban encima, desde esa mañana, su mujer y él. La sertralina es un antidepresivo que en los primeros días suele evitarse porque tarda semanas en hacer efecto, pero se ofrece si el duelo se prevé largo. Rara es la pregunta que no pueda responder una receta.

Él sabía, cosas de su gusto averiado por el *true crime*, que lo que le estaba ocurriendo no era raro. Lo de obsesionarse con la temperatura, por ejemplo: una reacción fisiológica, decían, porque el frío activa el circuito de supervivencia. También lo de no comer, no dormir, no sentir el cuerpo. Y esa forma mecánica en la que ahora pensaba: como si su cabeza hubiese entrado sola en modo catástrofe, repitiendo imágenes sin control. Había leído que muchos padres empezaban a imaginar la escena del hallazgo antes de que ocurriera, no porque quisieran pensar en eso, sino porque el cerebro los obligaba a prepararse. Se llamaba duelo anticipado. Los expertos lo explicaban así: el ser querido empieza a percibirse como una pérdida incluso antes de serlo. Y sí, a él también le había pasado: cuando pensó «aparición», su cabeza añadió enseguida «de cadáveres». No quería decirlo, pero ya lo había pensado. Y, una vez que lo piensas, da igual que lo digas o no.

Volvió al lugar de la entrevista. Llevaba camiseta térmica, camisa, jersey de lana y un abrigo de lana bien abrochado, pero sentía que estaba haciendo mal: el frío que tenía le nacía dentro, y al abrigarse tanto lo que estaba haciendo era no dejarlo escapar. Le impresionaba el silencio a su paso; los periodistas, los vecinos, los curiosos: el respeto que inspira un hombre a punto de encontrar, o que quizá nunca encontraría, a dos hijos muertos de once y diez años. La admiración por verlo caminar sobre las dos piernas, sin perder la compostura, incluso sonriendo al devolver el saludo.

Su mujer ya se había recuperado del ataque de nervios. No era por la reportera, no podía serlo, pero viniendo de ella se habría creído cualquier cosa. Igual la pobre trataba de atemperar el dolor de la desaparición de los niños imaginando una infidelidad de él. Bien mirado, es mejor ser víctima de cuernos, claro está, pero ya tienen que ser unos cuernos históricos. Ella estaba donde la dejó pero ya sola, mirando el teléfono móvil. La vigilaban desde lejos: todo padre con hijos en búsqueda es una atracción. Bellísima, siempre lo estaba cuando caía en la tristeza. Se le relajaban los músculos de la cara, casi hundidos. Los ojos, más húmedos que brillantes, parecían agrandarse al perder el gesto de alerta; la boca se le quedaba entreabierta, sin tensión, con las comisuras apuntando levemente hacia abajo. No sonreía ni fruncía el ceño, solo dejaba de hacer fuerza. Era su versión más exacta y también la más indefensa.

Permanecía sentada en una silla de plástico de marca Schweppes, de espaldas al mar. Allí la sentaron entre varios, también él, después del colapso en directo. En ese momento en que la llevaban en volandas él vio a lo lejos a una mujer fuerte, de pelo entre blanco y amarillo, balanceándose de izquierda a derecha mientras bajaba la calle con lo que parecía ánimo curioso, y que luego, al oír gritos y ver la marabunta, se giraba rápidamente y echaba a caminar calle arriba. Le produjo, recordaría él horas después, una mezcla de terror y extrañeza, una señora tan poco equilibrada, tan poco diestra, subiendo una cuesta a tanta velocidad de una forma tan poco ortodoxa, sacando con torpeza un teléfono móvil que le bailaba en las manos como si hubiese sacado un pez del bolsillo.

24

Tomó el control de Spotify mientras el coche atravesaba nieblas y lluvias y vientos por la autopista de Santiago, y puso una lista de canciones italianas de la que llevaba enamorada desde el verano, cuando conoció a Fabio en Roma. De hecho, su resumen del año en Spotify había sido colonizado por Lucio Battisti, Rino Gaetano y Mina. Vigiló desde el asiento trasero —con la cabeza tan pegada a la ventanilla que tenía las mejillas heladas— si sus padres aprobaban la música en lugar de quejarse por haber sido desposeídos del control. Sus padres tenían en general un problema con el poder: no les gustaba ejercerlo, pero se ponían nerviosos si no lo tenían. Cuando era pequeña, una de las peores discusiones que había en casa era para ver quién cogía el mando a distancia. No para elegir ver algo en la tele, sino para, mientras los tres veían el mismo programa, saber quién lo tenía en sus manos.

—¿Y con quién quedaste?

Sara suspiró.

—Ahora no, mamá.

—¿Ahora no? ¿Das cita? Tendré que saber si vas a llegar a cenar.

—Ya te he dicho que sí. Quedé a las ocho.

—¿Quedaste a las ocho y a las nueve vas a estar en la mesa?

—¿Dónde es la reserva?

—¿Quedaste una hora nada más? ¿Sabes cómo suena eso?

—Déjame llegar a las nueve y media.

—Una hora y media no suena mejor. ¿Puedo saber con quién quedaste?

—No lo conoces, ¡qué más te da!

—Es que no entiendo de dónde sacas un amigo en este pueblo, y por qué lo ves una hora.

—Para ponernos al día. Lo conocí en Madrid este verano. Un tío majo. —Sara se encogió de hombros. Lo había conocido en verano sin tener ni idea de quién era; luego lo googleó por curiosidad y se echó a reír. A una amiga suya hasta le habían encargado un reportaje sobre él. Le hizo gracia, aunque ella siguió sin tener ni idea, porque de fútbol le ponía cara a Cristiano y a Messi. A su padre le haría aún más gracia, pero prefirió no decirle nada: capaz era de presentarse con ella para conocerlo. Si ya no se le levantaba, difícil iba a ser también con su padre allí; que por otro lado tenía más o menos su edad.

—¿Es de tu edad?

—Sí, más o menos. No vamos a follar, tranquila.

—Parece que te educaron en un establo.

Su padre tarareaba «Vanette amore». A Sara Sarriaga le encantaba esa canción («trottolino amoroso, dudú dadadá») y también le encantaba su padre. Era un hombre fuerte y poderoso, rico y protector; «un macho, si me preguntan». Sara se moría de ganas de contarle la cita de esa noche. A su padre sí podría decirle, o mejor darle a entender, que la cita no era exactamente para ponerse al día. Era un padre voluntariamente descuidado con sus aventuras, y ella se lo agradecía contándole alguna historia de vez en cuando. Su padre tenía una virtud delicada y muy valorada en el mundo en el que se movía: sabía detectar a los pobres disfrazados de ricos, a aquellos que invertían lo poco que tenían en embaucar desde la planta y la ropa y un coche alquilado para hacerse un hueco zalamero y baboso en su mundo: el mundo de la gente que presta dinero, el mundo de los que deciden si tú sí o si tú no. Es decir, un mundo constantemente susceptible de infiltraciones, incluso a través de ella. O, sobre todo, a través de ella.

Bien mirado, un exfutbolista mosquearía a su padre.

En medio de la noche, y en el peaje de la salida de la autopista de Pontevedra, una barrera de luces de la Guardia Civil los detuvo.

—Ya empezamos —dijo su padre—. Será por los niños.

Les hicieron varias preguntas.

—Son nuestros amigos. Nosotros pasamos siempre la Nochevieja en Santiago, con los padres de mi mujer, pero hemos venido un día antes a Galicia para estar con ellos —dijo su padre al agente. Estaba cómodo ante cualquier autoridad que no fuese la de su mujer. Sara también. Ojalá aquel agente detuviese a su madre y ocupase él su lugar. Alguien que mandase en la familia pero con sentido, con una pistola y un país detrás.

—¿Se sabe algo más?

—Nada que se pueda contar. Conduzca con cuidado.

Sara pensó en aquellos niños. Luis y Marcos. Los conocía desde pequeños. El verano anterior los Sarriaga habían ido a pasar un fin de semana a Sanxenxo con su familia, y ya entonces estaban imposibles porque sus padres los habían cambiado de colegio. Lo gracioso era que los metieran en un colegio privado no porque no estuviesen bien en el que estaban, ni sacasen malas notas ni tuvieran problemas con los compañeros: lo gracioso, recordó Sara, era que los habían metido en un privado carísimo porque, ahora sí y antes no, podían permitírselo. No eran los niños, era el estatus. La posición. Del mismo modo que a duras penas pudieron comprar un apartamentito en ese pueblo para codearse con la gente que les interesaba de Madrid, ahora mandaban a los niños en misión especial a los colegios de los hijos de esa gente. Y algo aún más gracioso, pensó cuando ya entraban por la vía rápida, era que su padre, director de una sociedad de capital riesgo, había hecho rico, de momento, al padre de los niños desaparecidos.

Volvió a entrar en el perfil de Chami en Instagram. Necesitaba familiarizarse con su cara. No le gustaba mucho, estaba cansada de cuerpos de gimnasio y rostros anodinos y tipos de cincuenta años, pero había algo especialmente morboso en él: Sara detectó, en su encuentro en Madrid, que quizá fuese fácil dominarlo, follarlo incluso. Se puso un poco cachonda (cómo lo quería: ¿boca arriba con las piernas sobre ella?, ¿a cuatro?). Dos coches de la Guardia Civil y un coche de Mediaset iban delante de ellos y a Sara se le pasó el sofoco. Lo que había que hacer era dejar de pensar urgentemente en los niños desaparecidos de los cojones.

De pronto, un viejo con un chaleco amarillo los paró en una rotonda pegando un silbatazo.

—¡¿Qué hostias es esto?! —Su padre abrió mucho los ojos.

Aquel anciano estaba dirigiendo el tráfico, y había dejado a cuatro coches en medio de una rotonda mientras hablaba o discutía —Sara no podía precisar qué— con una mujer que vestía un abrigo granate de pelo sintético, llamativo como un sofá viejo bien conservado, y un pantalón de cuadros oscuros que le marcaba demasiado las caderas. Era atractiva de una manera que no reconfortaba: media altura, con una cara severa que a Sara le recordaba, pero esto lo supo horas después, a una actriz secundaria de un drama rural de los años setenta. Llevaba el pelo rubio casi blanco un poco disparado, como de sabio en apuros, y un bolso colgado en bandolera que le cruzaba el pecho con gesto de autoridad.

Su padre aguantó quince segundos y arrancó, adelantando incluso a la Guardia Civil. Amaba a su padre. Lo bien que sabía utilizar el poder. No tenerlo, que no lo tenía, sino utilizarlo, que sí sabía. Como el mando de la tele, pero al revés.

25

Se dio cuenta de que le faltaba el móvil: fue una sensación agradable, como un soplido frío en medio de un verano amargo. Para otros sería como haberse dejado la pierna ortopédica apoyada en un banco del andén de la estación, pero él se sintió cómodo igual. Se sintió, incluso, a solas con Dios, que ya era hora: su madre le fiscalizaba hasta las audiencias con el Señor. Buscó un asiento y, cuando iba a apoyar la cabeza en la ventanilla de puro cansancio, recordó que había visto ese gesto en tantas películas que se sintió ridículo. Le pasaba mucho. Se dejaba influir tanto por escenas que había leído en los libros o visto en las películas que acababa comportándose como si lo estuviesen grabando, y tenía luego un extraño pudor, como si esperase el «acción».

Los días que no sabía si tenía ganas de reír o llorar, se ponía una película. Creía que había que ver películas que hacen reír y llorar porque también creía que ese mundo, el mundo de las películas y los libros, debe hacerte sentir que estás vivo si cada mañana tienes alguna duda. No había nada de malo en vivir dentro de tu cabeza cuando paseas cuatro horas, ni durante las dos horas de una película, ni durante los días en los que lees un libro. Porque a veces no puedes llorar en público por cosas en tu vida que te empujan a llorar, ni reír por algo por lo que no debes reírte en público, ni decir que tienes miedo

por cosas que te avergüenzan; así que hay que poner
una película o leer un libro y hacer todo eso aclarando que lo haces por lo que estás viendo o estás leyendo
para que la ficción salga al rescate. Eso creía, sí. Se
dio la razón en silencio, como tantas veces, pero ahora moviendo la cabeza, asintiendo casi con furia.

Abrió un libro de cuentos de Raymond Carver
con las tapas descascarilladas y se puso a leer. Era
noche ya cerrada y recordó que Borges había perdido
casi toda la vista leyendo sin luz en un tren, y como
su doctor le había dicho que si agachaba la cabeza
podría desprendérsele del todo la retina, su postura
pasó a ser siempre erguida, con el mentón en alto, la
espalda recta, provocando a su paso admiración y
envidia: el aspecto del viejo Borges era mejor que el
del inmediatamente anterior, el encorvado señor; la
ceguera le había regalado un porte nuevo, una manera nueva de andar por las calles.

Pensó que quizá un poco de ceguera no le ven-
dría mal para conquistar a Ysabel. Para acostarse esa
noche con ella, al menos. Le gustaba la piel de su
cara, gastada como las tapas de aquel libro, y su cuerpo de mujer cansada, uno de esos cuerpos que lleva
décadas tumbado en una vía de tren y no fue levantado a tiempo, pero levantado al fin y al cabo. Dejó
de leer (no estaba leyendo nada, apoyaba la mirada
en las palabras y las recorría como en una rueda de
reconocimiento) y metió el libro en uno de los enormes bolsillos del gabán que había pertenecido a su
abuelo y que su madre le regaló ese año cuando empezó el frío. Para el invierno el abrigo era estupendo,
y además olía aún al abuelo cuando volvía a casa de
la calle y traía consigo el olor de la primera lluvia.

Llevaba en un bolsillo el libro, las llaves y la cartera, y en el otro un iPod viejísimo que, decía, era un teléfono antiguo desde el que llamar a los músicos para que tocasen la música que quisiesen. De un tiempo a esta parte, él solo llamaba a Lucio Battisti y le pedía que le cantase «La colina dei ciliegi».

Sentía demasiado peso en el abrigo como para percibir que le faltaba el teléfono móvil. Solo cuando fue a buscarlo para llamar a Ysabel reparó en que no lo tenía, y pensó que seguramente se le habría caído en el taxi que lo había dejado en la estación; no estaba acostumbrado a ir en taxi. Recordó que, moviéndose en el asiento trasero, hizo un ruido sospechoso con el culo. Y para que el taxista no pensase lo que no era, se puso a hacer el mismo ruido hasta que quedase claro que estaba todo bien. Ahí se le debió de ir el móvil al *carallo*.

Tenía una relación complejísima con la culpa. Sobrexplicaba su inocencia hasta parecer que escondía algo. Cuando leía un suceso en el periódico, pensaba automáticamente dónde había estado él en aquel momento y si sería sospechoso a ojos de alguien; el suceso podía ser en Pontevedra, Vigo, Madrid o Nueva York, daba igual: su cerebro tenía interiorizado el mecanismo que generaba automáticamente su coartada. Cuando compraba algo en un hipermercado, o en un centro comercial, desaceleraba el paso al salir delante del vigilante de seguridad, y ya en la calle se quedaba un rato por la acera, fingiendo que veía algo en el móvil, para que el vigilante viese que estaba todo bien. Pensaba en agravios viejos que había sufrido y deseaba íntimamente que a esa gente le fuese siempre bien, pues no quería parecer sospechoso de sus males si les ocurría algo. No dejaba que le contasen un secreto, por si se revelaba y él tenía que suicidarse aplastado por una culpa que no era suya, pero que sufría. Si alguien tropezaba a su lado en la calle, pedía perdón inconscientemente. Daba las gracias después de hacer un favor, luego pedía perdón y era peor. Cuando se disculpaba por no ir a algún sitio al que se había comprometido, enviaba una foto que demostrase su excusa. Devolvía saludos que no eran para él por si alguien pensaba que ignoraba a propósito. Si un amigo tardaba en responder a un wasap, repasaba sus últimos encuentros para ver si podía haberle ofendido algo. Devolvía dinero de más aunque fuesen monedas mínimas, y luego se preguntaba durante horas si no habría parecido sospechoso. A veces pensaba que la gente buena caminaba ligera y que la suya era una forma de arrastrar los pies para no dejar marcas. Y lo peor era que, cuando por fin estaba seguro de no haber hecho nada malo, sentía una inquietud rara, como si la culpa, al no encontrarlo, fuese a volver más tarde con intereses. Un día invitó a la compra del súper (ella estaba detrás de él en la cola) a María Acueductos, una amiga de su madre, porque llevaba unos yogures y unas zanahorias, poca cosa, y no sabía si sería maleducado no pedir que le cobrasen a él lo de ella. Lo pensó cuando él ya había pagado, martirizándose mientras metía las cosas en su bolsa, pero a ella no le iba la tarjeta y entonces insistió en pagar él: Acueductos no daba crédito, y luego llamó a su madre para decirle que él tenía tal problema con el alcohol que confundía la caja del súper con una barra. Su madre lo estuvo llamando borracho dos semanas.

Sonrió avisado de su propia locura porque no era tonto, pero no podía evitar parecerlo pensando esas cosas. Cuando desaparecieron dos niños en un pueblo tan pequeño, se dio a la fuga con tanta rapidez que raro fue que no le mandasen detrás un helicóptero. No tenía ninguna coartada clara, era difícil tenerla con tan pocos vecinos. Y se estaba volviendo sinceramente paranoico viendo pruebas incriminatorias en todas partes. Hasta que los ruidos de las ratas en la buhardilla de su casa le convencieron de que era mejor salir pitando, a ver si no iban a ser ratas. Conocía a su madre porque él *sentía* de forma natural, era un animal emocional puro, y como tal había crecido advirtiendo que su madre, su heroica madre, escondía algo debajo de tanta abnegación, de tanto esfuerzo. No estaba orgullosa de él, no le servía como tarjeta de visita exculpatoria del pecado original.

Como siempre, la idea de salir del pueblo se le volvió en contra en cuanto pisó Vigo. ¿Y si una estampida así llamaba la atención de los investigadores? ¿Era investigador el tipo que iba cuatro asientos delante en el tren y se giró un par de veces para mirarlo, o al menos cruzó la mirada con él? Hizo el trayecto con tal cara de inocente, la cara absurda de palo que ponía al cruzarse con la Guardia Civil o pasar un control en la estación de tren, que a punto estuvo el revisor de cogerle de la mano y bajarlo del tren como a un niño tonto.

Sí, se fue por eso, pero también por Ysabel. Trató de no olvidarlo. Lo que no tenía claro es qué era Ysabel y a qué venía aquella relación que había nacido de una manera tan ridícula. Pero aquella noche tampoco se acostaron. Hablaron hasta tarde, y ella lo invitó a dormir en el sofá del salón; llevaba años sin dormir fuera. Desayunaron juntos al día siguiente e hicieron vida en casa (le encantaba esa expresión: vida en casa) hasta que timbró el primer cliente de Ysabel, sobre las seis. Tampoco es que trabajase mucho. Esperaron a que llegase el ascensor, y cuando oyeron que alguien entraba, él bajó por las escaleras. La clase de gente que iba a ver a Ysabel no era de la que acostumbra a cruzarse con alguien en su piso. Pensó que nunca podría hablar de ella con nadie, aunque en realidad ya pocas veces hablaba de algo con alguien. Su ensimismamiento era un ensimismamiento por fin feliz que solo sufría sobresaltos por su madre. Cuando estaba en Vigo y hablaba con Ysabel, su madre dejaba de deambular seria y protectora por su cabeza.

Las fiestas navideñas en Vigo brillaban de la manera insoportable en que se decreta un bien mayor; no contaban con pesimistas ni con escépticos. Tanta luz no podía ser buena: termina iluminando cosas que nadie quiere ver. Qué hubiera sido de Borges allí, cuántos desprendimientos de retina habría tenido por minuto. Tenía la seguridad de que si abría la boca se le colarían operarios del Ayuntamiento descolgándose por la garganta para cubrir sus órganos de luces, un sistema nervioso irradiador y campanero por el que se pasearía un tumor vestido de Papá Noel. Colgaban de las fachadas como racimos sintéticos, caían en cascada desde los edificios históricos con una intensidad obscena, y se reflejaban en los escaparates, en los chubasqueros, en los ojos de niños al borde de la idiocia subidos a los hombros temblorosos de sus padres. Había una alegría nerviosa en el aire, casi agresiva. Descubrió que le abrumaba y le fascinaba todo aquello. No le gustaban las Navidades: llevaba pidiéndole a su madre un perro desde antes de que el hombre domesticase al lobo. Pero acostumbrado a caminar solo por los montes, encontró un punto de jovialidad en hacerlo entre la gente y sentir que no era nadie, que no importaba, que podía detenerse delante de una atracción absurda —una bola gigante donde la gente entraba a sacarse fotos como si fuera un templo— y mirar sin participar, con el libro en el bolsillo y la música en los oídos, como quien se desliza invisible por dentro de una ciudad que ha olvidado que existe la oscuridad y descubre que no se está tan mal en ella.

Dejó Príncipe para meterse en López de Neira y de ahí llegó a Doutor Cadaval. Recordó que, el año que estudió en Torrecedeira, bajaba alguna vez a Vigo a ver a Tomás, un amigo que hizo en la facultad. Qué sería de Tomás, qué sería de todo Dios ya. No se puede cumplir años a esa velocidad de locos. Pensó que con tantas luces sería raro no verlo. Le empezaba a doler la cabeza, y decidió acercarse a la iglesia de Santiago, en la calle García Barbón. No había huevos a ponerle leds a la cruz. Cuando era más joven y salía de noche y volvía a casa al amanecer, le gustaba hacer tiempo sentado en la iglesia del pueblo. Le venía bien a la cabeza la pausa y el silencio, lo que los religiosos llaman recogimiento. Un día, sin embargo, se sentó en el confesionario y tuvo al cura hasta el mediodía escuchándole. Debía de tener veinticinco años, Mon. Aún estaba eufórico por vivir, si bien aquella euforia era un animal que lo tiraba al suelo una y otra vez. Habló y habló y habló, y al final don Jesús salió con las mejillas temblando, aquellos enormes cachetes que le caían por la cara como un bulldog: «Si no vas a confesar ningún pecado te vas ya para tu puta casa a que te aguante tu madre».

Ahora se sentó en la iglesia de Santiago a esperar. A esperar qué: a esperar todo. A esperar quedarse ciego y saber el camino a casa, quizá; a empezar a querer a su hijo y terminar de querer a su madre. Al entrar, el aire olía a incienso leve y a madera, bancos gastados por generaciones de rodillas y silencios. Las vidrieras no eran ostentosas, pero dejaban pasar las luces difusas y lisérgicas que venían de las calles y hacían que pareciera un club techno. Era la víspera del cumpleaños de su madre, al día siguiente estaría la familia feliz reunida una vez más en torno a una tarta con sesenta y cinco velas (su madre las exigía todas, una a una, detestaba las velas con números).

«Ysabel te ayuda con el futuro, te mide las energías, te conecta con otras dimensiones», había leído en internet meses antes. No creyó una palabra, pero le hizo gracia. Cuando tu vida se estrecha sin remedio, hay que concederse algún capricho. No dio una la pobre, no debía ni de saber usar internet, que es lo que hacen los adivinos de ahora: te ven entrar por la puerta, te dicen que tienes dos hijos y tú ni te acuerdas de que lo escribiste en un blog hace ocho años. ¿Pero el futuro? El futuro era de los culpables. De los que se enternecen con la culpa, conviven con ella, la alimentan como a un leopardo hambriento por la razón luminosa, más aún que aquellas calles, de que no la sienten. «De ellos siempre es el futuro», pensó.

Salió a la calle García Barbón buscando un bar. Una marea de gente lo hizo desaparecer un instante, como si bucease: no se encontraba ni a sí mismo. Cuando sacó la cabecita a la superficie tomó una decisión a la ligera, que eran las mejores decisiones. Volvería a beber. Volver a beber nunca es una mala idea: lo que es una mala idea es haber vuelto a beber, pero para eso aún faltaba tiempo. Paró en el primero que encontró, como los buenos bebedores. Tres tipos fumaban en la puerta.

—*Apareceron, eh* —dijo uno girándose hacia el interior.

—*Xa están cos pais, menos mal* —dijo otro.

Había barullo dentro, todos miraban ansiosos el televisor.

—*¡Sube o volume, hostias!* —gritó uno, y un camarero medio tísico con el mando apuntó a la tele dejándose el dedo en un botón.

—Voy, Ataúlfo, me cago en *diola*.

Mon sintió que su mundo, que ni existía —y si existía nunca pudo poblarlo—, se venía abajo con el estrépito de trenes caídos del cielo cuando vio en la pantalla, ocupándola entera, la cara de su madre. Unas tenazas le apretaron la boca del estómago hasta tener arcadas allí mismo; no hay peor infierno que el de un paranoico que tiene razón una vez. La cara de Amalia Constenla era una cara agitada pero en paz, un gesto que él conocía y que siempre le desconcertaba. Cuando el plano se abrió, vio a varios agentes de la Guardia Civil alrededor de ella. Mon reconoció a uno, Casimiro Murantes, que había estudiado con él en el instituto. Siempre que lo veía, recordaba que le había dejado un disco de Europe que Casimiro nunca le devolvió. Ahora que era guardia civil ya no se atrevía a pedírselo. Menudo hijo de puta. Y salió del bar sin pedir nada. Su madre, siempre dispuesta a cualquier cosa para salvarlo.

Epílogo

«Dicen que se están revisando las grabaciones de las cámaras del pueblo». Fue una de esas frases que nadie sabe quién pronunció por primera vez, ni por qué tardó tanto en circular, ni de qué modo alborotó tanto si, al fin y al cabo, en el pueblo había cuatro o cinco cámaras callejeras y otras tantas en negocios señalados, pero el caso es que la gente que desfilaba de un lado a otro lo hacía mirándolas de reojo y poniendo cara escandalosa de inocente. Les faltaba encogerse de hombros, en plan «a mí ni me mires».

Amalia desconocía el punto de histeria hasta que, de camino a casa con el niño de la mano, se había parado con Acueductos, que bajaba al súper a por un bote de higos chumbos porque el marido, dijo, tenía capricho. Acueductos había oído por ahí que el caso se resolvería pronto, que la policía tenía rodeado ya al sospechoso o sospechosos, que la gente podría celebrar la Nochevieja en paz.

—Eso es lo importante —se le escapó.

Hablaba en voz baja y mirando hacia el suelo, la pobre, y luego cambiaba bruscamente de tema, sonreía de manera exagerada, miraba a una esquina concreta donde estaba la cámara de seguridad del Banco Sabadell y se ponía a hablar de la gran reunión familiar que estaban organizando por Reyes, y de lo mucho que siempre le habían encantado los niños, y que jamás, jamás, le haría daño a uno. Al final la iban a acabar empapelando por imbécil perdida, y ya era un milagro que hubiesen tardado tantos años.

A Acueductos, dedujo Amalia ya sentada en el cuartel de la Guardia Civil, con el ruido de cientos de cámaras y periodistas fuera, le debían de importar muchísimo los niños: ni mencionó cómo aparecerían, si vivos o qué. Eso había observado Amalia aquel día, incluso en las tertulias de las televisiones: había ganas de que fuese un crimen, de que hubiese villanos en medio, de que la cosa se alargase durante semanas con el consiguiente proceso escrutador de sospechosos. La mitad de los que hablaban no sabían los nombres de los niños, y, entre ellos, muchos no recordaban ni que había niños: estaban entregados al suceso. Niños con biografías cortitas, amigos, familias no siempre acogedoras, niños con gustos y pasiones.

Amalia, ya de adulta, siempre trató de interesarse por los niños, de preocuparse por ellos, de saber qué es lo que los hacía felices. Hizo con los niños lo que había hecho con todo: observarlos, imitar a sus semejantes, memorizar emociones y aprendizajes, evaluar a la sociedad para comprenderla y, dificultosamente, esforzadamente, ser la persona que siempre pretendió ser, una mujer como otras, pero mejor aún, porque cuanto mejor fuese, más se lo creería. Le costó años entenderse a sí misma y aún tenía graves dudas, pero sabía que lo estaba haciendo bien, su familia era consciente de que lo estaba haciendo bien, aunque siempre podía hacerlo mejor, como todos. Pero nada de eso iba a decírselo a la Guardia Civil. Ni mucho menos a los periodistas. Hay cosas que una tiene dentro y que le pueden hacer peor o mejor persona, pero nunca diferente; nunca, por tanto, puede hacerlas públicas.

Llevaba ya unas dos horas allí sin hacer nada. Había dejado comida en casa para un regimiento y su preocupación era que no se le estropease nada. Había visto, según salía del Patrol en la explanada del cuartel, a Chami corriendo hacia un taxi. Una cámara le dio en la cabeza y le abrió una brecha, o al menos Amalia sintió sangre en el pelo cuando se lo tocaba, y la sangre con el pelo blanco no estaría pasando inadvertida, y varios micrófonos la golpearon en la cara, pero apenas lo sintió. Había mucha gente, muchísima, demasiada para el frío que hacía y las horas que eran, casi las nueve de la noche. En tres horas sería ya su cumpleaños. «Y adiós a la víspera *do demo*».

La llevaron a un cuartito y le pidieron que se sentase en una silla de plástico verde de las que están pegadas a la pared, como de consulta de ambulatorio. Amalia, débil y cansada, se negó con mucha educación. No entendía lo que le estaban pidiendo.

—Tiene que sentarse, señora —insistió el agente. Pero estaba rígida como una farola, rodeada de muchas soledades que aparecieron de golpe, y se le asomaron los sesenta y cinco años sin avisar en forma de una arruga alrededor de la boca que llegó a palparse, asustada.

—Siéntese porque va a tener que esperar —le dijo el hombre, casi agarrándola por los hombros.

—*Pero eu* —dijo con una vocecilla—, *eu nunca sento*.

El guardia civil la miró con un punto de desesperación. Le sonaba de algo aquella pobre mujer, ¿no era la madre de Ramón, un raro que estaba en su clase del instituto, el hermano del futbolista? Pero a Casimiro Murantes no le gustaba el fútbol. Leía novelas policíacas y él mismo era guardia civil, si bien su enrevesada misión ahora no era de las del comisario Maigret, sino una más compleja aún, repleta de aristas psicológicas y hasta antropológicas: sentar en una silla a Amalia Constenla.

—Haga lo que quiera, pero le recomiendo que se siente. Le traigo ahora algo para la sangre —dijo Murantes.

—Algo para la sangre... —repitió Amalia, y recordó el golpe.

Cuando se quedó sola marchó al fondo, a una esquina. Como los perritos abandonados a los que rescatan, conservaba ese instinto de protección: buscar los rincones. Tenía puesto un plumas, que le dio tiempo a coger por el aire cuando entre todos la arrastraron fuera de la cocina, y en los enormes bolsillos, arrugado, un delantal de flores. Se lo había estado quitando y poniendo según entraba y salía gente de la cocina, pero cuando vio que empezaban a llegar a la calle los coches de las cadenas de televisión, se lo quitó. Era su uniforme, como el de su madre era aquella bata del mercadillo, pero de repente tuvo un gesto de coquetería.

Llevaba el pelo recogido en un moño bajo, sujeto con una horquilla torcida, con mechones sueltos de loca a los lados. Otros mechones blancos sueltos en la nuca, ligeramente pegados por el sudor. Se miraba el anillo de casada y jugueteaba con una cadena fina y una medalla pequeña que se metía siempre dentro de la camiseta cuando hacía cosas en la cocina.

Chami Palmeira, con unos slips blancos que no le hacían ningún bien, estaba de pie en el cuarto de baño de la habitación 305 del Hotel Francisco machacando con un mechero del Clube Deportivo Ourense una Viagra de 100 miligramos cuando su teléfono empezó a vibrar.

—Es tu móvil —oyó decir a Sarita Sarriaga desde la cama.

—Es igual —gritó Chami.

Empezaba a estar un poco harto. Cada nombre que había sacado Sara en la conversación era «de algo»: la «hija de», el «hermano de», el «nieto de», el «sobrino de». Era incapaz de nombrar a alguien sin relacionarlo con un familiar que tuviese más dinero o más fama. En el fútbol Chami había hecho amigos así: tipos que no presumen de la gente con la que comen o se acuestan, sino de sus árboles genealógicos porque los nombres por sí solos no les dicen nada. ¿Y por qué tendrían que decir algo? Porque han sido educados así, en la jactancia social. Arribistas. Les dan igual tus habilidades o talentos si estos no consiguen que haya un fotógrafo en la puerta del restaurante o no redirigen a una fortuna familiar. A Chami le parecía impresionante haber tenido compañeros de equipo cuyo sueño al ganar la Champions era emparentar con una familia de banqueros: eligieron el camino bravo, desde luego.

Detestaba oficialmente a Sara. No porque para ella él fuese un divertimento —que lo mismo era ella para él—, sino porque sentía que esa relación, y tantas relaciones despreciables por breves que había tenido, hubiera satisfecho a su madre. La hubiera hecho sentir orgullosa: su hijo exitoso sacándose mujeres de encima, físico estupendo, parido en condiciones inmorales y manchado por el pecado pero enderezado por ella y por una familia ejemplar. Si el mundo de Sara era un mundo regido por la apariencia, Chami Palmeira no podía olvidar que la apariencia suya era aún más profunda, pendiente siempre de validación.

Para colmo, Sara se había presentado con su padre, un «emprendedor» casi de la edad de Chami, porque al hombre le apetecía saludar al «héroe de Kristiansand», como aún era conocido por marcar el gol, saliendo del banquillo, que le dio la clasificación al Mundial a España. Parecía que le estaba entregando a la niña a cambio de un selfi: fue una escena tan turbia que si Chami tenía dudas sobre su funcionamiento esta vez en la cama, se le disiparon de inmediato. Hacía mucho tiempo ya de aquel gol, en el ocaso de su carrera, pero pídele tú a un aficionado que se centre. La gente le había contado tantas historias de cómo celebró el gol (dónde estaba, a quién le tiró la cerveza encima, cómo acabó aquella noche) que al final no le quedó más remedio que buscar Kristiansand en Google. Él sabía que habían jugado en Noruega, y ya. Fue su único gol con la selección, y la selección jugó un Mundial gracias a él. Quince años después machacaba viagras en el baño de un hotel, en esas estaba.

Se puso una camiseta y salió del baño. Sara tenía su móvil entre las manos.

—Mil llamadas perdidas, ¿eh? Un tal Pimientos, una Pastora, un Chispón... Un Nano... —leyó en la pantalla.

Chami apuró el paso hasta ella y acabó de leer: también había una llamada de un periodista deportivo y varios mensajes. Se instaló el vértigo en su cuerpo, una sensación desapacible que era propia de los sucesos que están pasando a tu lado sin que llamen tu atención, hasta que la llaman. Uno le pedía que encendiese el televisor, como en las películas. Chami y Mon se reían mucho de esas escenas: alguien te llama por teléfono, pide que pongas la tele y, automáticamente, sale la noticia que te interesa. Puedes tomar un café, o tardar en encontrar el mando, o tenerlo ya puesto cuando llaman: da igual, la escaleta del informativo está al servicio del guionista, incluso el canal que pulsas. Chami se acordó de eso cuando intentó encender la tele. A él, sin embargo, le salió la pantalla de inicio del hotel con los horarios del desayuno. Le dio el mando a Sara para que buscase ella «la 1», porque no le habían dicho ni qué cadena poner, así que debía de ser un golpe de Estado o un estado de alarma: la tele pública estaría al tanto. Y él no; no estaba para esas ahora. Volvió al baño a meterse la viagra y se sentó en la taza a esperar. Sintió de repente que esa iba a ser su vida: esperar a que se levantase algo, lo que fuese.

—Pero si yo a esta señora la vi hace un rato cuando llegamos al pueblo —gritó Sara.

—Qué señora. —Chami se levantó para ir hacia ella.

Lo que vio le pareció un sueño. Así se lo dijo, con esas palabras, a la presentadora que le hizo una entrevista en el mismo programa de entretenimiento donde había hecho el ridículo meses antes, sobrio pero nervioso, alterado por los fármacos, soltando chistes rancios, dejando las frases a medio terminar y acabando con algo que le pareció ingenioso, y en su cabeza estaba seguro de que lo era.

Cuando metieron el vídeo de un imitador de Trump, a Chami aún no lo habían despedido del plató, así que al irse recordó una frase que había leído en alguna parte años antes: «Cómo de listos fueron los demócratas que, cuando tuvieron que elegir en primarias entre una mujer y un negro, eligieron al negro». Ni siquiera iba con el tema; al decirla, el silencio que se hizo en el plató fue absoluto, algo histórico. La presentadora se puso hasta colorada. Solo faltó un humorista negro allí sentado para que la desubicación fuese completa. A las pocas horas fue convenientemente cancelado. Se emborrachó aquella noche y, con un par de amigos en el salón de casa, recordó a Míchel, su ídolo, cuando marcó tres goles en el Mundial de Italia gritando eufórico a la cámara: «Me lo merezco, me lo merezco». La vida estaba complicada entonces.

Volvió al programa para hablar de cómo se encontró el rostro de su madre en televisión, y habló, de paso, de algo de lo que nunca había hablado: de cómo ella lo tuvo con catorce años, cómo sacrificó todo para criarlo y educarlo por encima de habladurías del pueblo, cómo se partió los lomos por él y luego por todo el pueblo, para obtener un perdón nadie sabía por qué. Eso contó y, al final, lloró contándolo. Lloró de miedo y de gratitud, lloró por lo que no podía contar pero sospechaba: que su padre era su padre pero no el padre que merecía ningún hijo, y menos ninguna mujer; lloró también porque quizá todo había sido una mierda pero había merecido la pena igual; lloró porque en el fondo quería a su madre, y en ese mismo fondo todo lo había hecho por ella y nada por sí mismo, y cuando se había decidido a hacer algo por sí mismo eso había conseguido: nada; borrarse, hacer el ridículo como la última vez que había ido a ese programa. La presentadora fue a abrazarlo y le repitió al oído, bañada en lágrimas:

—Ya no eres machista, tú ya no eres machista.

«Este soy yo en mi rincón», se dijo cuando aún estaba en la habitación del hotel, pues se había ido inconscientemente a una esquina del cuarto, protegido por dos paredes. Este soy yo en mi rincón, eligiendo mis confesiones, cuidándome de no hablar demasiado. Ese chico ya caminito de los cincuenta que te pregunta que si quieres o que si tienes, obsesionado consigo mismo a cinco minutos de no reconocerse en un espejo, con la nariz sangrando y los labios cortados, los dedos largos en tembleque y mucho miedo entre las costillas, adicto al sexo porque es una adicción menos dañina, autodestruyéndose con ética, y una chica preguntándole si está bien, si quiere que lo acompañe al cuartel, que sus padres estarán allí porque son amigos de los niños desaparecidos, «estoy flipando con que sea tu madre». «Llévame allí, sí», se oyó a sí mismo decir. «Qué pena, justo ahora —dijo ella señalándole el pantalón—: Te apareció la *auctoritas*».

De repente, Chami tuvo una duda. Dentro de dos años, qué dirá Sara a sus amigas: ¿que conoció al hijo de, o a la madre de?

Amalia Constenla temblaba de frío cuando entró en el despacho del oficial «al cargo», así se lo anunciaron. Su casa casi siempre estaba abierta, fue lo primero que dijo. Y cuando no, la llave se colocaba debajo de una maceta; era fácil de comprobar si alguien estaba escondido por los alrededores.

—En este pueblo hay confianza —dijo.

La voz del oficial, un hombre definitivamente peludo de orejas, le hizo saber su «agradecimiento» por haber actuado «tan rápido».

—No sé cuándo se pudieron colar —dijo Amalia—. Supongo que pasaron la noche ya allí, porque fuera, con este frío, no se sobrevive.

—Repita todo de nuevo —dijo el oficial—, lo que dijo a mis compañeros en su casa.

Y Amalia lo repitió:

—Los rapaces en algún momento se colaron, encontraron en el fayado unos colchones y debieron de pensar que sería buena idea aguantar allí. Sin cobertura y sin nada, no podían pensar lo que estaba pasando fuera, los *pobriños* —dijo.

Llevaban horas con ruidos arriba, pero ella y su marido, contó, pensaron que eran ratas, no sería la primera vez. Así que no subieron y lo dejaron estar.

—Pero ustedes llamaron a una empresa de plagas.

—Llamé yo pero mi marido dijo que era mejor que no hiciesen nada. Mañana es mi cumpleaños y se

196

junta la familia. Dijo él de esperar por los productos químicos, a lo mejor no era bueno hacerlo entonces. Y tenía razón. Las ratas no iban a bajar a comer, pero los químicos... A veces evitando un problema te mata la solución.

Esa tarde, volvió a casa del súper con su nieto. Los ruidos eran ya insoportables, así que decidió subir, dijo al guardia civil.

—¿Con las ratas?

—No podían ser ratas aquello, era otra cosa. Un ruido del demonio.

Y encontró el conejo del niño, dijo, le llamaban Rambo. Andaba corriendo de un lado a otro, y allí, escondidos, se encontró a los niños. Quisieron escapar corriendo pero los detuvo, vaya si los detuvo. Cerró la puerta de la trampilla y avisó a los gritos a su marido para que llamase corriendo a la Guardia Civil.

—No podía ser, hombre, esos padres asustados y todo el país pendiente, qué trastada es esa. Pero mi marido está cojo, ¿sabe? Un accidente de chico, y como no había que perder tiempo los dejé encerrados y fui yo misma a por el teléfono. «Encontré a los rapaces, quieren escapar pero los tengo encerrados, vengan corriendo», les dije. Y vinieron ustedes, bueno, ya saben.

Siguió hablando, a veces con sentido y a veces sin él.

—Muchas gracias, señora. Menuda locura. —El tipo se secó el sudor, de alguna manera también se había salvado él—. Los padres de los niños quieren hablar con usted. Y sus hijos están esperando fuera.

—¿Cómo están ellos, los niños?

—Asustados. Fueron al centro médico. Ni hipotermia, ni hambre, y en muy buen estado. Sorprendente teniendo en cuenta que ahí arriba no hay calefacción ni comida. —El agente la miró durante un montón de segundos—. Pero de algún modo se hicieron con ella. Firme aquí.

Amalia agarró muy despacio el bolígrafo con el índice y el pulgar, y firmó. Luego se encogió de hombros. Ya no estaba cansada. Había empezado a repasar todas las labores que tenía que hacer al volver a casa, que eran muchas. A punto estuvo de pedir un pitillo al famoso oficial. Le había puesto contenta saber que estaban sus hijos juntos ya, que Mon había vuelto de donde no se sabe, que al día siguiente celebrarían su cumpleaños todos.

—Cosas de la nevera me faltan, eh. Lo mismo esos niños bajaron alguna vez, seguramente —dijo Amalia.

—¿Y no echó usted en falta tanta comida? Comieron mucho, tenían ese fayado que parecía un comedor escolar.

—Mis hijos me dicen siempre que cocino para un regimiento. Y mañana es mi cumpleaños.

Había recuperado el color y ya no se encorvaba. Declaró de pie, no le gustaba sentarse, aclaró. Suspiraba, pero por dentro. ¿Cuántos ciegos, por tanto, necesitan acercarse a algo para palparlo y saber qué es real, y comprobar que su recién estrenada vista, aún en prácticas, no los está engañando? Si aprendemos desde niños a correr con una sola pierna, ¿cuánto tardaremos en correr a la misma velocidad con dos piernas sin caernos? Ahí estaba ella, en ese punto entre lo mágico y lo terrible. Ciega, pero más rápida.

—La llamarán para hacerle más preguntas.

—Las que ustedes quieran. Si no morí del susto, no voy a morir ahora.

Del brazo de su hijo Chami, Amalia atravesó un follón tremendo de periodistas que querían saber, querían preguntar, querían hacer un perfil de aquella mujer fascinante cuyo primer plano parecía el de una virgen vieja y ensangrentada con la cara llena de biografías extrañas, como escribió días después un columnista pasado de vueltas, y un grupo espontáneo de curiosos la aplaudió como si saliese de casarse:
—¡Reina!
—¿Esta gente no tiene casa? —le dijo a Chami.
Los esperaba Mon en la puerta del taxi que lo había traído de Vigo. Sentada en el coche («coger un taxi en el pueblo, esto debe de ser el fin de los tiempos», dijo), miró el móvil. Había hasta números que no conocía. Mensajes de medio pueblo, llamadas de medio mundo. «¿Cómo fue?». «¿Qué pasó?». «Sales en todas partes». «Lo que no te pase a ti...». «Esos padres te deben la vida». «Lo que no te pase, Amaliña, lo que no te pase». ¿Y qué le había pasado? Todo, le había pasado todo.
Cuando ya entraba en el coche se le abalanzó Marcelino San Amaro, aún con el pelo puesto, preguntándole si le habían leído los derechos. «Qué derechos, apampanado», dijo ella cerrando de un portazo.

El taxista estaba tan sorprendido de ver a la mismísima Amalia que dio un rodeo innecesario para preguntarle cosas absurdas.
—Es la primera vez que me pasa algo así.

—¿Lo qué? —respondió Chami.

—¡Que estén hablando de alguien ahora en la radio y la tenga en el taxi!

—Ah —Chami miró la alfombrilla del coche. Otro gesto heredado del fútbol: mirar el césped cuando erraba un disparo, como si tuviese la culpa.

—¿La vamos a ver en alguna televisión? —preguntó el taxista.

—¿Eh?

—A su madre, digo.

Amalia tomó la palabra.

—No, *fillo*, yo hice lo que haría cualquiera. Qué mérito tiene eso —contestó Amalia. Llevaba años soñando con pronunciar una frase así. Años deseando ese punto exacto de admiración para rechazarlo con modestia—. Yo estaba ahí, ¿y qué iba a hacer? Pues lo que hice: echar la llave por si escapaban, y esperar a los agentes.

Pero había que estar, se dijo a sí misma. No lo llames heroísmo si no quieres, pero llámalo oportunidad. Y en un suceso como aquel, en un pueblo tan pequeño, ¡manda truco! No, no iba a hablar con televisiones, ya había salido su cara mucho y además podía decir algo que no debía. Iba a hacer algo para cenar, iba a barrer toda la porquería que habrán dejado las botas de los agentes en el suelo de la cocina y en la buhardilla, iba a recoger los restos de comida ahí arriba, iba a bañar al nieto y planchar el pijama de Ramón, que lo tenía secando.

El padre de los niños llamó al teléfono fijo de la casa de los Rebello pasadas ya las diez de la noche. Le había dado ese número Paco Estrada, se excusó el hombre. «Paquiño», aclaró Amalia. Muerto en el bautizo, novio en el entierro y niño en la boda; protagonista pero siempre al revés, el pobre. Capaz había sido de ir corriendo a presentarse a la familia de los niños como portavoz.

—Queríamos darle las gracias y pedirle que nos deje tener un detalle con usted —dijo el hombre a mitad de charla.

—No me diga que había recompensa.

Rio el hombre, pero Amalia no lo había dicho de broma. Incluso había pensado, de tener compensación económica, en donarla, muy a su pesar. No le había dado mucho tiempo a conocer a los niños, apenas un día, pero sabía que no hubiera sido descabellado que su familia ordenase colgar carteles de se busca con la recompensa abajo, como en el salvaje Oeste.

—Qué tal los rapaces. No los castiguen, que estaban muy asustados.

—Están bien, no se preocupe. Echan de menos el conejo. ¡Y las tortillas francesas! Fíjese: le roban a usted las tortillas y ahora echan de menos a una chef. ¿Cuánta comida hace usted en esa casa?

Rio Amalia ahora. Era momento de colgar. Estos señores importantes cuando descienden a hablar con amas de casa como ella le cogen pronto el gusto. Podía tenerla veinte minutos al teléfono. Le acabaría hablando de otras amas de casa que conoció por España adelante, le preguntaría a Amalia si las conoce, «seguro que sí».

Antes de cenar, cuando estaban solos, Mon le preguntó a su madre por lo ocurrido. No supo hacerlo, pensó Amalia, no supo preguntarle: nunca sabía preguntarle bien. Para empezar, no se preguntaba. ¿Quién pregunta nada a alguien a quien quiere?

—¿Van a estar callados?

—¿Y de quién hablas?

—De los niños.

—¿Callados?

—Sí.

—Claro que son callados. ¿No viste lo que tardamos en saber que estaban ahí arriba?

Mon la miró. No quería seguir con aquello. Pero ella ahora sí.

—Se escaparon solos, eh. No los escapé yo.

—Ya.

—Ya qué.

—Que ya sé.

—Pues eso.

Chami escribía en el móvil tirado en su cama. Contestaba a mensajes que le habían ido llegando a cuentagotas sobre el suceso del día. Había uno de Pastora que Chami esperaba responder cuando estuviese menos agitado. Ella le decía que estaba en Nueva York y que se había enterado de la noticia entrando en internet. Chami había estado allí muchos años antes con ella. Hacía calor, bebieron julepes de menta en el bar del hotel y luego subieron a su cuarto para hacer el amor. Habían sido días agradables y tranquilos y el recuerdo de aquel cielo azul lo ensimismó ahora un instante. La cabeza de Mon se asomó de pronto por la puerta.

—No vamos a hablar de esto tampoco, entiendo —dijo.

—¿Hay algo que decir?

—Vale.

Cenaron juntos en silencio. Ramón masticaba despacio, triturando huesos de codorniz. La televisión estaba puesta en la cocina sin volumen, y en ella aparecía a veces el rostro de Amalia entre algunos «increíble» desganados de Ramón. El niño se había levantado de la mesa y jugaba con Rambo, el conejo. Había costado un mundo todo eso, pensó Amalia. Pero eran una familia. A veces pasaban cosas, otras veces no, como en todas las familias. Y si pasaban cosas se arreglaban, como en todas las familias. Ellos eran una familia como todas. Las familias se quieren y se cuidan y se protegen y no se preguntan nada, y eso lo hacen todas. La familia es el aceite hirviendo de la sartén, no metas la mano ahí, pregunta mejor antes si calienta o no, eso pasa en esta familia y en cualquier familia. La familia es la familia, y todo lo demás, en el fondo, muy en el fondo, da lo mismo.

Este libro se terminó
de imprimir en
Casarrubuelos, Madrid,
en el mes de
mayo de 2026